내 뜻대로 산다

내 뜻대로 산다

서울을 떠나 더 행복한 사람들, 14인 14색

초판 1쇄 발행	2016년 10월 28일
지은이	황상호
본문 사진 · 삽화	유순상
편집	김영미
북디자인	엔드디자인
펴낸곳	이상북스
펴낸이	송성호
출판등록	제313-2009-7호(2009년 1월 13일)
주소	03970 서울특별시 마포구 성미산로 5길 72-2, 2층.
전화번호	02-6082-2562
팩스	02-3144-2562
이메일	beditor@hanmail.net

ISBN 978-89-93690-40-8   (03810)

이 도서의 국립중앙도서관 출판예정도서목록(CIP)은 서지정보유통지원시스템 홈페이지
(http://seoji.nl.go.kr)와 국가자료공동목록시스템(http://www.nl.go.kr/kolisnet)에서
이용하실 수 있습니다.(CIP제어번호: CIP2016024200)

내 뜻대로 산 ╱ 다

서울을 떠나 더 행복한 사람들, 14인 14색

| 황상호 지음 |

이상북스

* 이 책은 방일영문화재단의 지원을 받아 저술 · 출판되었습니다.

그들을 만나서 행복했다

누굴 만나고 무엇을 말하며 살아야 하나. 경상도에서 나고 자란 내가 우연히 충청북도에서 사회생활을 시작하며 던진 묵직한 과제였다. 둘러봐도 친인척 하나 없고 몇 다리 건너 알 만한 친구조차 없는 낯선 공간. 사람을 많이 만나는 직업 중 하나가 기자라지만, 방송기자로서 맺은 인연은 한 꼭지 뉴스 길이만큼이나 얕고 헛헛했다.

가물어 가는 마음을 채우고자 곁눈질을 많이 했다. 클라이밍을 배워 보고 클래식 기타 연주도 해 보고 실용음악학원에 등록해 노래도 배웠다. 하지만 마음병에는 항체가 없었다. 그러다 서울 대형 언론사에 입사해 벅적지근한 기사로 화제를 모으는 친구들을 볼 때면 열패감에 혼자 끙끙 앓아야 했다. 진단되지 않은 우울감은 가슴골과 눈뿌리 어딘가에 터지지 않고 고여 악취를 풍겼다. 나는 무표정한 표정으로 내 증세를 주위에 항의하듯 살았다.

'지지 않겠다'는 욕망의 시작이었다. 무엇이든 해서 지역에도 쓸 만한 기자가 있노라 외치고 싶었다. 어둠을 찢는 고라니의 날선 비명처럼 말이다. 발 디딘 곳에서부터 시작하라는 어느 법전의 구절처럼, "급한 물에 떠내려가다 닿은 곳에 싹 틔우는 땅버들 씨앗, 그렇게 시작해 보거라"는 고은 시인의 시처럼, 살아 있으니 이겨내고 싶었다. 충청북도는 민초들을 위로했던 소설《임꺽정》을 쓴 벽초 홍명희가 태어난 공간이자 "해설피 금빛 게으른 울음을 우는 곳", 시인 정지용의 고향이지 않은가.

기자 명함을 떼고 생업이 아닌 다른 분야를 취재하려니 발가벗겨진 느낌이었다. 맨발로 자갈밭 위를 허둥지둥 대는 모습이랄까. 충북으로 이주한 예술가를 찾아다녔다. 예술가에 대한 막연한 동경이 있었다. 고향을 오랫동안 떠났다가 다시 돌아온 예술가도 있었고 아무런 연고 없이 대안을 찾다 충북을 선택한 사람도 있었다. 대체로 땅값이 싸며 서울과 지리적으로 가깝고 자연 풍광이 아름다운 곳을 고르다 충북으로 이주했다. 그 가운데서도 순수예술 분야보다는 되도록 사회문제에 관심이 많은 작가들을 만났다. 지역 공동체 회복에 의미가 있을 거란 생각이었다.

인터뷰를 하다 보면 가슴이 철렁 내려앉을 때가 있다. 두려움을 이

겨 내고 대안을 선택한 사람들의 말 속에는 용기를 내지 못하는 사람의 온갖 핑계와 잡념을 털어 낼 만한 죽비 한 자루씩은 숨어 있었기 때문이다. 그리고 그들에게는 공통점이 있었다. 남의 눈을 의식하지 말자, 과소비하지 말고 간소하게 살자, 진짜 나의 즐거움이 뭔지 알아 충분히 만끽하자 등등.

아흔 살에 가까운 문은희 화백은 이미 크로키 대가임에도 불구하고 그림이 좋다며 지금도 주부들과 함께 문화센터에서 그림을 배우고 있고, 그림 한 장을 그려 내기 위해 탐사보도하듯 취재하는 정승각 작가는 사는 공간이 어디든 실력은 빛을 발한다는 사실을 스스로 증명하고 있었다. 특히 괴산의 탑골만화방 양철모 작가는 자신의 공간을 내게 아지트로 내주며 어떻게 친구를 맺고 어울리며 살 수 있는지 알려 주었다. 나는 만화방을 자주 들락거리며 만화방 손님들과 함께 야산에서 나무를 해 와 난로를 피우고 텃밭에서 기른 채소로 밥을 해 먹으며 이렇게 살아도 충분하겠다는 생각을 했다.

그렇게 3년 동안 꾸준히 만나고 썼다. 힘들었던 만큼 어떤 결과도 감사하다. 열네 명의 인생 깊이를 온전히 다 받아 안지 못해 아쉬울 따름이다. 이런 기획이 다른 지역에서도 시도되었으면 하는 바람이다. 책을 쓰는 과정에서 삽화의 기본이 되는 사진을 제공한 지역의 여러 작가들에게 감사의 뜻을 전한다. 나의 첫 그림 선생이며 이 책에 실린 삽화를 그린 충주의 유순상 작가는 내 의지가 꺾이지 않도록 지속적으로 용기를 주었다. 직접 글을 고쳐 주신 세명대학교 저널리즘스쿨 대학원 제정임 교수와 대학원 매체《단비뉴스》또한 감사하다. 출판사를 연결해 준 차광주 느티나무통신 이사장, 책으로 엮어 준 이상북스 송성호 대표, 바쁜 시간을 쪼개 추천사를 써 주신 시인이자 충북 청주에 지역구를 둔 도종환 국회의원, 송재봉 충북NGO센터장께도 이 책으로 못 다한 감사의 말을 갈음한다.

서울공화국이라는 크고도 높다란 장벽에서 빼낸 작은 벽돌 크기만큼 나도 딱 그 정도 성장한 것 같다. 어떤 취미생활보다도 고된 글쓰기가 내게 가장 큰 위로이자 즐거움이란 것도 알았다. 빛나지 않더라도 나의 길을 가야지. 때로는 억지로라도 한 발 두 발. 나만의 '꾸역꾸역 저널리즘'을 위해.

황상호

차례

서울을 떠나 ──

행복한 사람들 ──

· 14인
14색 ·

1

욕망의 도시를 벗어나 새 꿈 펼친 '흙수저' 아티스트

청주시 수암골의 림민 작가

충북 청주시 수동 수암골은 한국전쟁 때 피난민들이 모여 만들어진 마을이다. 지금은 70-80대 노인들이 주로 사는데, 다 합쳐야 60여 가구 남짓이다. 2007년부터 도시재생사업의 하나로 예술가들이 벽화를 그리면서 관광객이 찾아오고, 인기 드라마 〈제빵왕 김탁구〉〈카인과 아벨〉 등의 촬영지가 되기도 했다. 그 덕에 마을에는 고층 커피숍이 들어서고 지방자치단체가 주관하는 여러 마을지원사업들이 진행되었다. 하지만 여전히 쓸쓸한 동네다. 독거노인이 숨진 뒤 수십 일 지나 발견되기도 하고, 어느 관광객은 함께 온 자녀에게 "공부 못하

내 뜻대로 산다

면 이런 데서 사는 거야'라고 훈계하기도 한다. 소외, 삭막, 가난이란 단어들이 연관된 이 마을에 어느 해질녘 막걸리를 들고 찾아갔다.

두 팔을 벌리면 양쪽 손에 담벼락이 닿을 정도로 좁다란 언덕길을 5분쯤 걸어 오르니 합판으로 거칠게 짜 올린 작업실이 나온다. 익살스럽게 웃는 표정이 그려진 연탄재가 쓰레기봉투 옆과 손바닥만한 텃밭에 덩그러니 놓였다. 벽에는 유리병 하나가 줄에 매달렸다. 그리고 병에 꽂힌 푯말에 글귀가 하나 쓰여 있다.

'가난한 예술가에게 담배를.'

주인장 림민 작가가 담배 한 개비 나눠 피우자고 지나가는 이에게 부탁하는 말이다.

"하루 일과요? 뭐 일어나고 싶을 때 일어나고 자고 싶을 때 자죠."

180센티가 넘는 큰 키에 마른 체격인 림 작가는 작업실이자 자취방인 스무 평 남짓한 공간에서 혼자 지낸다. 방이라고 해 봐야 서너 평 크기에 이불 대여섯 장이 전부고, 나머지 공간은 연탄재를 말리는 이른바 '연탄 덕장'과 작업실이다. 이 집도 인권운동을 하는 지인이 무료로 빌려 줬다고 한다. 원래 지인의 어머니가 마당으로 사용하던 야외 공간이었는데 림 작가가 건축 자재를 사와 기둥을 세우고 지붕을 만들어 덮었다. 작업실 안에는 한 진보 정치인의 초상화와 철 지난 가수의 노래 테이프가 자리를 차지하고 있었다. 기자가 공간을 둘러보는 사이 림 작가는 작업실 안 싱크대에 서서 쌓아 둔 컵과 접시

청주시 수암골을 빛내고 있는 연탄트리다. 2015년 12월부터 2016년 2월까지 전시하고 3월에 철거했다. 연탄트리에는 오디오까지 만들어 놔 휴대전화나 음반기기를 연결하면 음악을 들을 수 있다. (사진 제공: 《충청리뷰》)

내 뜻대로 산다

를 썼었다. 보일러가 없어 연탄난로 위 누런 들통에 물을 데워 쓰고 있었다.

2015년 겨울 림 작가는 지역 예술가로서 뜻밖의 스포트라이트를 받았다. 지상파 방송과 주요 신문들이 그의 작품을 집중 조명했다. 타고 남은 연탄재 1100개를 이용해 3미터짜리 대형 크리스마스트리를 만들어, 동네 주민들이 차 마시고 수다 떠는 평상 옆 작은 공터에 설치한 이후에 일어난 일이다. 연탄재에는 큼지막한 눈과 활짝 웃는 입모양을 제각각 그려 넣었다. 다 타고 버려지는 천덕꾸러기 연탄재가 미술작품으로 생명을 얻은 것이다.

림 작가는 이 작품을 만들기 위해 2015년 12월 한 달 동안 지역 주간지와 사회관계망서비스(SNS)를 통해 크라우드펀딩으로 재료비를 모았다. 모두 180명이 참여해 700여만 원을 모았다. 지역에서는 매우 드문 일이었다. 이 연탄트리가 운 좋게 각종 매체에 소개되면서 벽화를 보러 마을을 찾던 관광객도 하루 평균 300명에서 500명가량으로 늘었다. 휴대전화로 오는 연락이 하도 많아 림 작가는 잠시 제주도로 잠수를 타기도 했다.

"인기가 대단했어요. 작업실에 있을 수 없을 정도로 전국적으로 사람들이 찾아왔죠. 학생들도 배우고 싶다고 찾아와 한동안 정신이 없었어요. 밀려오는 전화에 휴대전화 번호까지 바꿨어요."

| 파인애플, 뻥튀기, 양말 팔며 글쟁이 꿈 키워 |

림민 작가는 충북 음성군에서 태어나고 자랐다. 그가 중학생이 됐을 무렵 아버지는 좋지 않은 일로 집을 떠나 있었고 어머니는 가출했다. 중학교 3학년 때 어머니를 찾아 무작정 서울로 갔다가 그 길로 떠돌이 생활을 시작했다. 보증금 없이 월세 10만 원짜리 달동네 방을 전전했다. 겨울이면 보일러에 기름 넣을 돈이 없어 그냥 냉골에서 잤다. 먹고 살기 위해 닥치는 대로 일을 했다. 재래시장에서 수세미와 인형, 칫솔을 떼다가 상가를 돌며 팔았다. 술집을 기웃거리며 파인애플 장사도 했다. 교통 체증 구간에서 뻥튀기를 팔기도 했다. 그중 가장 오래 한 일이 10년 넘게 한 양말 판매다. 서울에서 안 가 본 노인정이며 아파트가 없을 정도로 발품을 팔았다. 노인정 할머니들에게 "학비를 벌기 위해 나온 대학생"이라고 속이고 양말을 판 적도 많았다고 한다.

"지하철 노선도를 보고 끝에서 끝을 돌며 양말을 팔았어요. 서울에서 안 가 본 거리가 없을 정도예요. 늘 이 양말을 다 팔 수 있을까, 어떻게 팔아야 밥을 먹을 수 있을까가 숙제였어요. 오로지 나 혼자였으니까요. 하루하루가 스트레스였어요. 어떤 날은 5000원어치가 안 팔려요. 지하철비 내면 밥값이 없었죠. 그러다 어느 비 오는 날 너무 배가 고파 수제비를 먹는데 갑자기 서글퍼져 국그릇에 눈물이 왈칵 쏟아지더라고요."

검정고시로 고등학교 과정을 마친 림 작가는 한때 전태일문학상을 꿈꾸는 문학청년이었다. 그의 컴퓨터 폴더에는 빛을 보지 못한 습작 소설이 가득하다. 열흘 바짝 일해 100만 원쯤 번 뒤 20일 동안 글을 쓰던 시절이 있었다. 골방에 박혀 글을 쓰고 친구들과 어울려 서로 비평했다. 등단을 위해 여러 신문사에 투고했지만 실패했다. 스물아홉 살 되던 해, 친구 열 명과 '인디문학네트워크'라는 웹진을 만들었다.

"음악에는 인디(독립)가 있잖아요. 문학에도 인디가 필요하다고 생각했죠."

그가 편집장을 맡았다. 친구들에게 원고를 받아 웹진에 올리고 한 달에 한 번 인쇄본을 만들었다. 책은 지인의 식당이나 카페에서 팔았다. 서울 홍대나 종로 프리마켓에 참가해 책을 팔기도 했지만 2년을 넘기지 못하고 흐지부지 그만두었다. 요즘은 누리집(http://streetartist.kr)을 만들어 연탄일기 등을 꾸준히 쓰고 있다.

"배낭에 노트북 하나 책 몇 권 가지고 다니며 달동네에서 방을 빌려 습작을 했어요. 월세가 밀리기 일쑤였죠. 참 쓸쓸한 시간이었어요."

| 유튜브 통해 그림 독학하다 '연탄재 장난' 시작 |

그는 서른두 살이 되던 해 글쓰기를 접었다. 정적인 글쓰기가 자신과 어울리지 않는다는 결론을 내렸다. 10년 넘게 사귄 여자친구와도 그 무렵 헤어졌다. 꿈과 욕망의 도시인 서울 생활에도 회의가 찾아왔다. 갖고 있던 전자제품을 팔아 돈을 끌어 모은 뒤 무작정 강원도 강릉 정동진행 열차를 탔다. 거기서 부산까지 내처 걸었다. 걷다 지치면 여인숙에서 하룻밤을 묵었다. 부산에 도착해서는 중고 자전거를 사서 다시 전국을 유랑했다. 1년 7개월 동안의 방랑. 그렇게라도 하지

서른두 살, 글쓰기를 접고 여행을 떠난 림민 작가. 어느 도시의 서점을 방문했는데, 책 읽는 모습이 보기 좋다며 서점 주인이 몰래 사진을 찍어 메일로 보내 주었다고 한다. 사진 위에 펜으로 그렸다.

내 뜻대로 산다

않으면 머릿속이고 가슴속이고 터져 버릴 듯했다.

"10대와 20대 때 서울이란 도시는 뭔가 할 수 있을 것 같은 장소였어요. 나도 찬란히 빛날 수 있을 것 같다는 생각이 들었죠. 지금 와서 생각해 보니 끊임없이 꿈을 갉아먹는 도시가 아닌가, 소비를 충동해서 낙오자로 전락시키는 것 아닌가 하는 생각이 들어요."

그의 자전거 바퀴는 2011년 말 아버지가 살고 있던 청주에 다다랐다. 마침 텔레비전에는 청주시 수암골에 조성된 벽화 거리가 방영되고 있었다. 림 작가의 눈이 거기 꽂혔다. 그는 서울에서 그림 그리는 친구들과 어울려 그래피티(graffiti, 벽 그림)를 즐기곤 했었다. 그 길로 지역 문화 기획자의 허락을 받아 수암골 벽에 붓질을 시작했다. 처음 그린 것이 화장실 벽면을 채색한 천사의 날개. 그림을 정식으로 배운 것은 중학교 미술부 시절밖에 없었던 림 작가는 유튜브 영상을 보고 그림을 배웠다.

"제가 일반 화가처럼 화폭에 그림을 그린다고 누가 사겠어요. 길거리 아티스트를 해 보는 게 어떨까 전략적으로 생각한 거죠. 그렇게 결심하고 2년 정도 전 세계 작가들의 유튜브 영상을 보며 파고들었어요."

2012년 5월, 아직 찬바람이 가시지 않은 어느 날 림 작가는 이웃집 담벼락 아래 버려진 연탄재 두 장을 발견했다. 이웃집 할머니의 구들을 데우고 스러진 연탄재였다. 작가는 할머니에게 장난을 칠 요량으로 연탄재에다 눈과 입을 그리고 "간밤엔 따뜻하셨죠"라는 말풍선을 그려 뒀다. 그런데 할머니가 그 연탄재를 버리지 않고 보름 넘게 둔 것이었다. 오랫동안 천착할 아이템을 찾고 있었는데, 그때 이거다 싶었다.

"그림을 그리겠다고 작정하고 아이템을 찾고 있었죠. 가난하기 때문에 돈이 안 드는 분야로요. 그러다 장난삼아 연탄재에 그림을 그렸는데 할머니가 정말 즐거워하시더라고요. 그걸 보고 놀랐죠. 소통이구나 싶었어요."

문학작품에서는 연탄재가 누군가를 위해 뜨겁게 자신을 태운 뒤 마지막까지 눈길 위에 뿌려지는 희생 또는 연대로 비유되기도 하지만, 현실에서는 가장 가난한 이들이 온기를 의존하는 생존의 보루이기도 하다. 림 작가는 연탄재를 보며 "세상에 쓸모없는 존재는 없다"는 것을 배웠다고 말한다. 그래서 부서진 연탄재도 버리지 않고 그 꼴 위에 그대로 그림을 그린다.

"연탄재라는 게 이상한 매력이 있어요. 색깔도 다 다르고 모양도 달라요. 덜 타서 검은 띠가 남아 있는 것도 있고 바싹 타 타원형으로 부풀어 오른 것도 있죠. 쓸모없는 것도, 다 같은 것도 없죠."

림 작가가 청주로 이주해 그림을 그리겠다고 했을 때 지역 작가들로부터 종종 '미운오리새끼' 취급을 받았다고 한다. 한 작가는 면전에 대고 "지들이 다 작가인 줄 알아. 그치?" 하며 깔보기도 했다고.

▌
수암골에는 아직 슬레이트 지붕으로 된 집들이 남아 있다. 지붕에 연탄 작품을 뒀다. 하늘에
는 구름이 꼈다.

▌
폐가 주위에 건설자재와 쓰다 남은 시멘트가 널부러져 있다. 림민 작가는 무릎을 잡고 웅크
리고 있는 긴머리 소녀를 그렸다. 그 옆에는 '괜찮아 잘될 거야'라고 적힌 연탄 작품 두 개를
놓았다. 누군가 돌탑도 쌓았다.

그런가 하면 연탄 작품을 만드는 방법을 알려 달라고 무작정 찾아오는 사람들이나 제작비 지원도 없이 연탄트리를 더 설치해 달라고 요구하는 공무원들도 있어 림 작가는 대략 난감하다고 한다.

"종종 작업실을 찾아와 별것 아니라는 듯 연탄재 굳히는 방법을 알려 달라는 사람이 있어요. 난처할 때가 한두 번이 아니죠. 또 어떤 공무원은 마을에 연탄트리를 더 설치해 달라고 해요. 그런데 이게 순수 제작비만 500만 원이 넘게 들어요. 통장 잔고 10만 원이 넘지 않는 제 빈약한 주머니 사정으로는 힘든 일이죠."

| 시위 현장으로 나온 예술가 |

지름 15.8센티, 높이 15.2센티의 연탄재. 그 위에 둥근 눈과 나선형의 입 꼬리를 그리는 일은 간단해 보여도 여간 손이 많이 가지 않는다. 먼저 연탄재를 특별한 방법으로 만든 경화제에 푹 담근 뒤 작업실 안 연탄 덕장에서 난로와 선풍기로 한참을 말린다. 그뒤 코팅제를 덧바른다. 그림을 그릴 수 있는 연탄을 만드는 데만 최소 2~3일은 걸린다. 여기다 아크릴물감이나 스프레이페인트로 그림을 그린다. 눈과 입의 세밀한 모습을 표준화하는 데 1년 가까이 걸렸다. 사람들에게 호감을 주면서 여러 연탄을 함께 배치했을 때 조화로운 표정을 만들기가 쉽지 않았다. 림 작가는 2015년 '연탄 캐릭터'를 한국저작권위원회에 미술저작물로 등록했다.

"사실 제가 하고 있는 이 작업들을 예술이라고 하기엔 민망한 기분이 들기도 해요. 그래서 제 작품을 '함께 놀아 주기를 바라며 놀이터에서 혼자 흙장난을 하는 어린아이'라고 생각해요. 지나가는 사람들이 제 작품을 보며 잠시라도 웃고 행복하면 충분한 거죠."

그의 작품은 시위 현장에서도 종종 볼 수 있다. 2014년 경기도 평택 쌍용자동차 공장에 찾아가 농성 현장에 작품을 설치했다. 지인들과 응원만 하고 돌아오려다 연탄재 70장으로 만든 작품을 설치했다. 연탄구멍에는 나무 푯말로 '힘을 내라'는 글을 써서 꽂아 넣었다. 2015년에는 청주시청 앞 천막 농성장에서 병원 정상화와 고용승계를 요구하며 싸우는 청주시 노인전문병원 노조를 위해 연탄트리를 세웠다. 또 청주시 청소년 광장에 설치된 '평화의 소녀상' 옆에도 위안부 피해 진상규명을 촉구하는 마음으로 연탄트리를 설치했다. 충북 지역 환경단체들은 림민 작가의 이런 사회참여를 높이 평가해 2015년 12월 '충북 환경대상 문예부문상'을 주기도 했다.

"사회문제에 아주 민감해요. 제가 일하면서 돈 떼인 적이 한두 번이 아니에요. 똑같은 일을 했는데 돈을 반밖에 안 주는 일이 비일비재했죠. 대기업 반도체 공장 그리고 하루 열여섯 시간씩 일했던 택배회사도 마찬가지였어요."

| 미국 타임스퀘어에도 연탄트리 세우고 싶다 |

연탄 작품으로 세간의 주목을 받았지만 림 작가의 생활에서 크게 달라진 점은 없다. 새벽에 빈 담뱃갑을 들고 골목에 나와 꽁초를 주워 피우다가 이제는 담배를 사 피울 수 있을 정도로 변했을 뿐이다. 간혹 지인들이나 관광객이 연탄 작품을 주문하면 용돈이 생기는 정도. 인터뷰 중에도 림 작가는 재떨이에 남은 꽁초를 펴 물고 불을 붙였다.

그는 종종 우울감이 불청객처럼 찾아온다고 기자에게 털어놓았다. '괜찮아 다 잘될 거야' '힘내요, 할 수 있어요' 같은 문구가 이른바 값싼 힐링, 가벼운 위안이 아닐까도 고민한다. 심지어 연탄 작품으로 지역에서 조금씩 이름이 알려지는 동안 "뜨기 위해 발버둥 친다"는 비난을 들은 적도 있다. 괴로웠다. 림 작가는 석 달을 술독에 빠져 지냈다. 그러다 잡지 편집장을 하는 선배에게서 편지를 받았다. "냉소는 멋있어 보일 수 있지만 자기 학대와 모멸 외에 남는 것이 없단다. 민아, 나는 네가 세상에 따뜻한 입김을 불어 넣는 사람이었으면 좋겠다." 작가는 한 발자국 더 나아갈 힘을 얻었다.

"저의 냉소는 거리에 있어요. 양말이 안 팔려 서성이던 그 거리들요. 그때는 세상 아무도 나를 도와주지 않았죠. 그런데 잡지사 형의 편지를 읽고 펑펑 울었어요. 내가 그런 느낌을 가지는 것 자체가 세

내 뜻대로 산다

림민 작가가 야외 작업실에서 잘 말린 연탄재에다 스프레이로 그림을 그리고 있다. (사진 제공: 《충청리뷰》)

상을 향한 냉소였던 거죠. 많이 털어 버렸어요. 삭막한 도시에서 한 번만이라도 웃게 만드는 것도 의미가 있다고 생각했죠."

그를 불러 주는 곳이 점점 많아지고 있다. 림 작가는 2015년 봄 '충북 NGO 페스티벌'에 초대받아 아이들과 연탄 아트 체험을 진행했다. 연탄재 위에 아이들이 자유롭게 그림을 그리도록 한 다음, 작품 50여 개를 두꺼비 집단 서식지인 청주시 두꺼비생태공원에 전시했다. 이어 여름에는 '2015 세계청년축제'에 초대돼 광주시 동구 금남로에서 연탄 전시회를 열었다. 또 세종과 대전, 충주, 상주 등 전국을 돌며 공중전화 부스나 화단 등 자투리 공간에 전시를 한다.

달동네 '흙수저' 작가의 다음 목표는 월드 투어다. 세계 주요 도시를 돌며 연탄 작품 수백 장을 전시하는 것이다. 작품 자체가 이모티콘처럼 만화적인 데다 그 나라 언어로 메시지를 적으면 외국인에게도 호응을 얻을 수 있을 거란 생각이다. 다만 비용이 문제다. 팟캐스트를 통한 모금과 크라우드펀딩 등 다양한 방법으로 돈을 모을 구상을 하고 있다. 백두산을 넘으니 히말라야가 앞에 놓인 꼴이지만 꿈은 이뤄진다고 믿는다.

"뉴욕 맨해튼 타임스퀘어에 연탄 300개가 쫙 깔린 것을 상상해 봐요. 헤벌쭉 웃는 연탄 캐릭터가 깔려 있으면 얼마나 재밌을까요. 그것도 구멍이 숭숭 뚫린 정체 모를 물건이요. 외국인에게도 충분히 먹힐 거예요."

인터뷰를 마칠 때쯤 작업실 탁자 위에는 막걸리와 소주, 맥주병이 잔뜩 쌓였다. 중국집에서 배달 온 양장피는 절반이 남았는데 기자의 혀가 먼저 꼬였다. "장판 위를 뒹구는 잉여" 시절을 거쳐 "연탄재 같은 연대를 실천하는 예술가"로 성장한 그. 욕망의 도시 서울을 벗어나 새 꿈을 펼치는 모습을 보니 "변방은 창조의 공간"이라고 한 고 신영복 선생님의 말 뜻을 알 것도 같다.

2016년 2월 3일.

2

죽다 살아난
이 남자의 선택!

충주시 동량면 인형극단 '보물'의 김종구 대표

어머니는 기름때가 꾸덕꾸덕 묻은 아버지의 무거운 작업복을 손으로 눌러 빨았다. 아버지는 철도 정비창에서 일하는 공무원이었는데, 그의 손을 거치면 고장 난 열차도 집 보일러도 새 숨이 붙었다. 소년은 그런 아버지의 손끝이 신기했다. 그래서 소년도 아버지 곁에서 나무 깎는 문구용 칼로 모형 비행기며 군함 따위를 만들었다.

그 소년이 이제 육십 줄에 접어들었다. 그의 손에는 목각인형이 쥐어져 있다. 팔과 다리, 머리 등에 줄을 매달아 조종하는 인형인 마리오네트를 국내에서 매우 드물게 제작하는 작가이자 가족 인형극단

내 뜻대로 산다

'보물'의 대표 김종구 씨를 충주시 동량면 작업실에서 만났다.

부산 사나이 김종구 대표. 그는 빠르지 않은 속도의 굵고 낮은 목소리로 이야기했다. 170센티미터를 조금 넘는 키에 딱 벌어진 어깨를 가진 남자. 고등학교 3년 내내 반장을 했지만 "집과 학교 사이에서는 놀 만큼 놀았던" 청소년기를 보냈다. 까까머리 고등학생이 체육대학교에 다닌다고 속이고 단골주점 주인 딸에게 연애도 걸어 보고, 고등학교 졸업장이 나오기도 전에 아버지의 금반지를 훔쳐 일제 오토바이를 사서 폭주족 흉내도 냈다.

일찍 사회생활을 시작한 뒤 쉽게 돈을 벌며 방탕한 나날을 보내기도 했다. 그러던 그가 마흔다섯 살에 혈혈단신으로 러시아로 건너가 마리오네트 제작법을 배웠고, 지금은 온 가족이 참여하는 인형극단을 통해 아이들에게 꿈을 심어 주고 있다.

| 파란만장했던 젊은 시절 |

"돈도 일도 어려운 점을 모르고 살았어요. 주머니에 현금도 많아 주색잡기에 빠져 살았지요. 나는 행복하다고 생각했는데 돌아보니 잘못된 길을 가고 있었어요."

1980년대 성장의 시대, 김종구 대표는 군에서 제대한 뒤 부산의 한 신발 회사에서 잠시 디자인을 하다 동네 형의 가게를 빌려 실내 포장마차를 운영했다. 잠깐 전문대학 산업디자인학과 야간 수업을 다닌 게 학벌의 전부인데, 당시 교수의 서툰 디자인 실력을 보고 더 다닐 필요가 없다고 생각했다. 대신 가게를 가꾸고 운영하는 것에 재미를 붙였다.

가게 벽을 뚫어 문을 낸 뒤 실내에 멋들어진 시를 쓰고 그림을 그렸다. 자신의 손으로 만지고 꾸미는 일이 그렇게 재밌을 수 없었다. 20대 후반에는 인테리어 사업에 뛰어들었다. 목수와 전기기술자를 채용해 나이트클럽과 주점, 가라오케를 돌아다니며 실내장식을 했다. 돈 버는 일이 쉬웠다. 인테리어 분야가 초창기라 표준가격도 없었기 때문에 초과 견적을 붙여 계약을 따 냈다. 뭉텅이 돈이 들어왔다.

몇 해쯤 지났을까. 하루는 아내 송옥연 씨가 그에게 참았던 말을 털어놓았다. 집에 쌀이 떨어졌다는 것이다. 일감이 일정하지 않은 인테리어 일이라 수입보다 지출이 많았던 걸 신경 쓰지 않은 것이다. 돈을 많이 벌어 가족을 행복하게 해 주고 있는 줄 알았는데 그게 아니었다는 것을 알고 충격을 받았다. 당시 막 기독교에 입문해 신의 존재를 탐구하던 김 대표는 '나는 잘 살고 있는가'를 심각하게 돌아보았다. 그리고 땀 흘리는 정직한 일을 해야겠다고 결심하고 서른다섯 나이에 인테리어 사업을 과감히 접었다.

"인테리어 하면서 만나는 사람들 대부분이 술집 사장이나 조폭 같

다양한 작업 도구가 진열돼 있는 김 대표의 작업실. 그는 한번 일을 시작하면 식사시간 외에는 움직이지 않고 하루 종일 목각에 매달린다고 한다.

컨테이너 박스에 만든 작업실이다. 온갖 목각인형들이 가득하다.

은 사람들이었어요. 나도 술을 마시고 술을 팔아 줘야 업자들을 만날 수 있으니까요. 비열한 세계였죠. 나도 돈 떼일 때가 많았고요. 가족 모두가 행복해야 나도 행복한 건데 잘못된 길을 갔던 거예요."

그 후엔 뱃일도 하고 공사장에 나가 막일도 했다. 시장 장돌뱅이에다 농장 머슴살이도 가리지 않았다. 죽을 고비도 여러 차례 넘겼다. 택시 운전을 하다 빗길에 차량이 미끄러져 반파되기도 하고, 군고구마 장사를 하다 가스가 폭발해 얼굴과 눈 각막이 타는 대형 사고도 당했다. 어느 지방 장터로 고구마를 팔러 가던 길이었는데 덜컹거리는 차량에 프로판가스통이 열린 줄도 모르고 불을 붙였던 것이다.

"펑 하는 순간 몸이 붕 떠서 날아갔어요. 정신을 차렸는데 세상이 온통 하얗게 보였어요. 다시 기절했죠."

응급차에 실린 채 동네 병원에서 종합병원으로, 다시 안과 전문병원으로 실려 갔다. 부부는 각각 신에게 매달렸다. 김 대표는 "이제 앞이 보이지 않는 것입니까. 내가 시각장애인들 사이에서 할 일이 있다면 무엇입니까"를 물었고, 그의 아내는 "남편을 도울 수만 있다면 건강한 내 눈 하나를 떼어 주고 싶습니다"라고 기도했다.

내 뜻대로 산다

| 마흔다섯 살에 떠난 유학 |

다행히 각막 이식 없이 눈 치료가 무사히 끝났다. 김 대표는 두 눈에 압박붕대를 감고 3개월 정도 살았다. 시력도 정상으로 돌아왔다. 그러던 어느 날 교회 주일학교에 갔다가 인형극을 처음 봤다. 한 극단이 선교활동으로 인형극을 공연했는데, 아기자기한 인형의 움직임이 김 대표의 눈과 마음을 사로잡았다. 자신도 모르게 "하나님, 저거 제가 하겠습니다!"라는 말이 터져 나왔다고 한다. 1990년, 그는 지인들과 손을 잡고 '보리떡과 물고기 인형극단'을 만들어 고아원과 양로원을 돌아다니며 선교활동을 했다.

"낮에는 고구마랑 붕어빵을 팔고 밤에는 극단생활을 했어요. 단원 네 명과 함께 고아원이랑 양로원을 다니며 손인형극, 장대인형극을 했죠. 아내는 꽃을 팔면서 도와줬고요."

손재주가 뛰어났던 김 대표는 몇 해 안 돼 인형 제작과 연출에 두각을 나타냈다. 여러 곳에서 공연을 해 달라는 요청이 왔다. 1997년에는 세계적인 수준의 인형극을 배우기 위해 일본의 '이다 국제인형극제'에 구경을 갔다. 거기서 그의 운명이 바뀌었다. 달그락 달그락 소리를 내며 줄을 따라 춤을 추는 인형, 마리오네트를 본 것이다. 움직임이며 표정까지 변하는 인형을 보고 그는 순간적으로 홀려 버렸다.

"미국 팀 작품이었는데 보는 순간 꼼짝할 수 없었죠. 손인형극을 처음 만났을 때처럼 또다시 '하나님, 저거 제가 꼭 하겠습니다'라는 말이 터져 나왔어요. 사실 그동안 일반 인형으로는 작품의 다양한 감정을 표현하는 데 한계가 있었는데, 여러 관절로 복잡하게 구성된 목각인형은 다양한 상황과 감정을 섬세하게 표현할 수 있겠다 싶었어요."

마리오네트는 실이나 끈을 인형의 다리, 손, 어깨 등 여러 군데에 달아 조종한다. 18세기 러시아와 동유럽 국가들에서는 유명한 작곡가의 음악을 마리오네트 오페라로 공연하는 것이 유행하기도 했다. 체코가 오스트리아-헝가리 제국의 지배를 받아 독일어 사용을 강요받았을 때도 마리오네트 공연만은 자국어로 할 만큼 지역민의 삶에 뿌리 내렸다.

그러나 국내에는 마리오네트를 배울 만한 기관도 전문가도 없었다. 김 대표는 경남 양산에 비닐하우스를 짓고 산속으로 들어갔다. 2500평 규모 산골짜기에 계단식 논을 일궈 자급자족하며 독학으로 마리오네트 공부를 시작했다. 독일어나 영어로 된 원서를 구해 사진과 그림을 보며 무작정 따라했다.

1년 동안 책과 씨름했지만 수십 개가 넘는 관절로 된 마리오네트의 구조를 이해하기는 어려웠다. 유학밖에 길이 없었다. 그는 3년 동안 아내를 설득했다. 그리고 드디어 2000년, 마흔다섯 나이에 그는 러시아 상트페테르부르크 국립연극대학에 청강생으로 들어갔다.

"한계에 부딪혀 있었는데 옛 극단 동료가 러시아에 공부할 만한 대학이 있다고 알려주는 거예요. 어렵게 아내에게 승낙을 받았죠. 그런데 고등학교 2학년이던 아들이 막노동해서 번 100만 원을 가져와 유학 가는 데 보태라고 줬어요. 덥석 받았죠. 이게 가족이다. 네가 힘들게 번 돈을 나에게 줄 수 있는 것처럼 나도 모든 것을 네게 주겠다고 말했지요."

| 피노키오를 만든 제페토 할아버지처럼 |

당시 러시아는 경제위기를 겪는 상황이어서 외국 유학생을 적극적으로 받아들였다. 그래서 청강생 신분으로도 충분히 공부할 수 있었다. 한 학기 학비도 우리나라 돈으로 10만 원 정도. 당시 러시아 교수의 월급이 7만 원 수준이었다. 김 대표는 가족과 지인들이 준 돈 300만 원을 들고 러시아로 건너갔다. 2년 동안 학비와 생활비에 쓴 돈이 대략 500만 원 정도라고 한다. 끼니도 대부분 시장에서 장을 봐 직접 해 먹었다.

러시아의 노 교수는 현지 말을 한 마디도 못하는 동양의 늙은 학생이 반갑지 않았던 것 같다. 높은 기술력이 필요한 자신들의 목각기술을 동양인이 얼마나 배울 수 있을까 의문스러워하는 눈치였다. 하

김종구 대표가 국악 공연을 하기 위해 만든 작품. 줄을 잡아당기면 탈이 벗겨진다. 연필과 수채색연필로 그렸다.

내 뜻대로 산다

지만 김 대표는 모든 것이 사막의 오아시스 같았다. 찬물 샤워로 아침잠을 깬 뒤 제일 먼저 작업실에 들어갔고, 가장 마지막까지 남아 작업을 했다. 돈을 아끼기 위해 도시락 두 개를 싸서 다녔다. 그런 생활이 한 달 두 달 계속 이어지자 러시아 교수도 마음을 열기 시작했다. 나중에는 김 대표를 따로 불러 개인 교습도 해 줬다.

"배워야 한다는 마음이 너무 간절했어요. 한두 시간도 헛되이 보낼 수 없었죠. 제가 미대를 나온 건 아니었지만 손재주가 뛰어나니 교수도 가르치는 데 재미가 있었나 봐요. 학교를 졸업할 때 그 늙은 교수가 학생들 앞에서 나를 불러 세우더니 '수많은 학생을 가르쳤지만 당신이 최고의 제자다'라고 했죠. 뿌듯했어요."

2002년 러시아에서 귀국한 뒤 다시 일 년 동안 경남 양산에 칩거하며 작품을 만들었다. 자다가도 아이디어가 떠오르면 벌떡 일어나 종이에 이미지를 그렸다. 그 스케치를 점토 모형으로 만들어 본 뒤 수정을 거쳐 잘 말린 은행나무를 깎아 목각인형으로 만들었다. 관절은 가죽과 나사를 이용해 만들었다. 인형 하나를 만드는 데 보통 3개월이 걸린다. 요즘에는 러시아 작가들도 손이 많이 가 거푸집이나 종이로 2, 3일 만에 인형을 만들지만 김 대표는 나무를 고집한다.

"정성이죠. 러시아에서 공부할 때도 우리 반에서 저만 나무를 깎아 인형을 만들었어요. 피노키오를 만든 제페토 할아버지처럼요. 나무의 따뜻한 질감이 좋아요."

유학 가기 전인 1998년, 김 대표는 비닐하우스에서 전기톱으로 나무를 자르다 손가락 한 마디가 잘리는 사고를 당했다. 하지만 그는 잘린 손가락 덕분에 나무 자르기가 더 편하다고 말한다.

"손가락을 다쳤을 때 교회 사모님이 와서 이제 그만하라고 하시더라고요. 그것도 하나님의 뜻이라고요. 저는 당당히 말했어요. 손가락이 다 잘려도 손목으로 나무를 받쳐서 인형을 깎을 거라고요. 목표가 뚜렷한 사람은요, 장애물이 와도 그것이 더 멀리 뛰어넘을 수 있는 디딤돌이라고 생각해요."

| 전국 방방곡곡, 세계 곳곳에서의 공연 |

유학에서 돌아와 무대에 올린 그의 첫 작품은 〈목각인형 콘서트〉다. 목각인형들이 사는 작은 마을을 배경으로 우아한 춤을 추는 발레리나와 말을 타고 대금을 부는 선녀, 순식간에 가면을 바꾸는 중국 전통극인 변검 배우 및 색소폰을 부는 연주가 등 열다섯 개의 캐릭터가 번갈아 나와 장기를 펼친다.

김 대표와 그의 아내가 인형을 조종하고, 가끔은 조카도 참여한다. 인형 중 발레리나는 부인 송옥연 씨를, 색소폰 연주자는 김 대표 자신의 청년 시절 모습을 모티브로 만들었다. 이 작품은 2004년 8월

춘천국제인형극제에 공식 초청작으로 선정됐고, 2007년에는 전국문예회관연합회의 우수공연으로 뽑혔다.

"춘천에서 공연을 하기 위해 강원도로 심사를 받으러 가는데 급성맹장염이 온 거예요. 얼마나 어렵게 얻은 기회예요? 포기할 수 없었죠. 심사위원들에게 양해를 구하고 먼저 심사를 받은 뒤 근처 병원으로 갔죠. 그 작품이 저의 대표작이 됐어요."

두 번째 작품은 〈노란우산〉이다. 7분짜리 공연으로, 한 소녀가 노란 우산을 쓰고 학교에 가면서 이웃들과 겪는 여러 이야기로 짜여있다. 류재수 작가의 동화 《노란우산》이 원작이다. 이 작품은 무대가 좀 더 특별하다. 김 대표가 직접 설계도를 그려 만든 휴대용 무대를 펼치면 한 가족이 들어갈 수 있는 작은 무대가 세워진다. 공연을 보러 온 가족들은 두세 평 크기의 공간에 들어가 어깨를 마주 대고 공연을 본다. 어린 아이들을 위한 공연이다.

"아기가 울면 극장에 못 들어가잖아요. 그러면 엄마가 못 들어가든지 아빠가 못 들어가든지 모두 안 들어오든지 그래요. 그래서 한 가족이 다 들어갈 수 있는 작은 무대를 만들었죠. 마리오네트도 손바닥보다 작아요. 가족끼리 좁은 공간에서 공연을 보는 거예요. 여름엔 에어컨까지 설치해요."

세 번째 공연은 작가 자신을 모티브로 만든 〈제페토 할아버지의 꿈〉이다. 아이가 없어 외로운 제페토 할아버지가 피노키오를 사람으

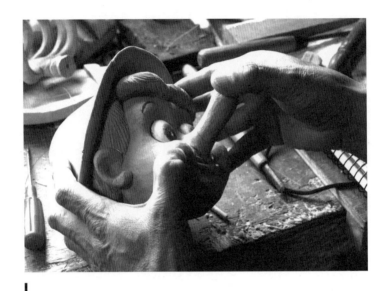

김종구 대표가 만든 피노키오 얼굴. 작업 중 왼손 엄지손가락이 잘렸지만 작업하는 데는 지장이 없다고 한다.

로 만드는 과정을 그렸다. 극본은 며느리 이슬기 씨가 썼다. 작품들 대부분 공연 때마다 극단이 소화를 못 시킬 정도로 많은 관객이 찾는다. 극단은 또 인도 오지 등에서 극빈층을 상대로 자선 공연을 했고, 대만·캐나다·스웨덴 등 전 세계를 다니며 솜씨를 뽐냈다.

"공연을 보기 전에 사람들이 물어 봐요. 줄을 잡고 조종하는 제 모습이 무대에 나오면 (관객들의) 시선이 분산돼 집중이 안 되는 것 아니냐고요. 그런데 공연을 보고 나온 관객들은 하나같이 저를 못 봤다고 말합니다. (인형의 움직임에) 집중하느라. 근사한 음악과 함께 제

　　　　　　　　　　　　　　　　　　　　　내 뜻대로 산다

인형들의 입술, 수염, 얼굴 등이 다양하게 바뀌니까 고개를 돌릴 틈이 없죠."

| 모두가 가는 길에서 벗어나도 행복할 수 있다 |

김 대표의 극단은 올해 든든한 멤버를 영입했다. 직장생활을 하던 외아들 김해일 씨가 조명과 무대기술을 맡기로 한 것이다. 이제 김 대표는 마리오네트 제작, 부인은 의상, 며느리는 극작을 전담한다. 연기는 부부와 며느리가 함께 한다. 며느리는 인형극이 좋다며 2011년부터 김 대표의 마리오네트 공연을 따라다니다가 한 가족이 됐다.

김 대표가 직접 아들을 소개했다. 아들과 며느리는 현재 작업실이 있는 충주 집 잔디밭에서 결혼식을 했다. 세 살배기 첫 손자에 이어 며느리 뱃속에 있는 둘째 손주까지 장차 단원이 될 것으로 기대한다. 극단 '보물'은 이렇게 승합차에 인형과 무대를 싣고 전남 광주, 경남 통영 등 전국을 돌아다니며 공연한다.

"걱정들을 하시는데요, 공연 수익금으로 생활하기가 풍족하지는 않지만 충분히 생활할 수 있습니다. 대부분 텃밭에서 나는 것으로 자급자족하고 옷도 벼룩시장에서 좋은 옷을 사 입을 수 있거든요. 돈을 안 쓰면 됩니다. 자본주의 구조에서 탈출하면 돼요."

2009년 아름다운 충주호 옆으로 이사 온 김 대표는 곧 이주할 준비를 하고 있다. 땅 값이 더 싼 경남 밀양으로 2018년까지 거처를 옮길 예정이다. 평생 꿈인 마리오네트 전용 극장을 만들기 위해서다. 건물 두 동에 사무실까지 있는 장소를 찾았다. 전체 700평 규모로 관객 150명까지 앉을 수 있는 공간이다. 충주에서보다 공연 기회가 줄 것 같아 아쉽지만 작품 제작에 더 집중할 수 있을 것 같아 즐겁다고 한다. 김 대표는 마리오네트를 손주들에게도 가르쳐 오래 오래 기억에 남는 고전을 만들 계획이다.

"공연 때마다 저는 아이들에게 꼭 말합니다. 모두가 가는 길을 따라가지 마라, 그 길에서 벗어나도 행복해질 수 있다, 할아버지도 좋아하는 일을 찾아서 너무 행복하다, 너희들도 꼭 그렇게 살았으면 좋겠다고요."

2016년 5월 23일.

내 뜻대로 산다

3

'확 깨는' 그의 시,
이렇게 만들어졌다

제천시 백운면 원서문학관의 오탁번 시인

한양으로 과거시험을 보러 간 박달도령과 그를 기다리다 상사병에 걸려 숨진 금봉낭자의 전설이 깃든 충북 제천시 박달재. 소나무 오종종히 서 있는 그 고갯길을 따라 백운면 애련리로 들어가다 보면 폐교된 백운초등학교 애련 분교를 고쳐 지은 원서문학관이 나온다. 배우 설경구가 달려오는 열차를 향해 "나 돌아갈래" 하고 절규하던 영화 〈박하사탕〉의 그 기찻길 장면을 찍은 진소마을 앞이다.

〈폭설〉〈해피 버스데이〉의 시인 오탁번은 10월 중순의 어느 날 원서문학관 마당에서 맨손으로 마늘밭 거름을 섞고 있었다. 시어를 엮어 문장을 만드는 글쓰기처럼 농사도 정성이 있어야 한다. 지난 2003년 이곳으로 귀향한 오 시인은 이웃 농부들에게 흙을 일구고 비료 쓰는 법을 귀동냥해 가며 텃밭을 가꾼다. 농사가 주는 기쁨은 수확이 다가 아니다. "자세히 보아야 예쁘다"는 말처럼 자연과 어울리며 깨닫는 신비로움이 크고, 그것은 곧 시가 되었다.

● 마늘밭 씨마늘처럼 왕겨 덮고
　춥고 혹독한 겨울을 지나온 나는
　소쩍새 울음처럼 마늘쫑도 싱그러운
　잘생긴 육쪽 마늘이 된 줄 알았다
　참숯마냥 빛나던 머리칼
　어느새 다 없어진 오늘,
　아뿔싸! 나도 모르는 사이에
　수퍼마켓에서 파는
　표백제 바른 깐 마늘이 되었음을
　나는 이제 알겠다

〈마늘〉 중에서

내 뜻대로 산다

| 지독한 가난에 서러웠던 시절 |

오 시인의 서재에서 소주병을 앞에 놓고 시작한 인터뷰는 사연 하나에 시 한 편으로 이어졌다. 상처 같은 시를 읊다 슬픔에 젖을 때면 시인은 말을 멈추고 생각에 잠겼다. 두어 시간 동안 둘이서 소주 두 병을 비웠다.

시인은 1943년 제천시 백운면에서 마을 이장의 4남 1녀 중 막내로 태어났다. 자부심 강한 양반의 후손으로 일제강점기 때도 창씨개명을 하지 않고 버텼던 아버지는 오 시인에 세 살 되던 해 세상을 떠났다. 어머니는 홀로 삯바느질을 해서 가족을 먹여 살렸다. 가난에 전쟁까지 겹쳤던 어린 시절, 오 시인은 "먹을수록 배고픈" 천등산 진달래꽃을 따먹으며 굶주림을 견뎌야 했다. 피난 갔다 왔더니 잿더미가 돼 버린 마을에서 움막을 짓고 산나물죽을 끓여 먹기도 했다. 영양실조에 기생충, 야뇨증에도 시달렸다.

국민(초등)학교 6년 내내 1등을 차지해 도지사상을 받을 정도로 명석했지만 중학교 진학은 포기해야 할 상황이었다. 그런데 오 시인이 다니던 백운초등학교에 권영희 선생이 부임하며 희망이 생겼다. 권 선생은 가난하지만 영특했던 오탁번을 끔찍이 아꼈고 중학교 입학금까지 대주었다. 고등학교에 진학할 때는 강원도 원주에 살던 오빠에게 부탁해 숙식 일체를 책임져 주었다. 소년의 운명이 바뀌었다.

- 누나다 누나다 선생님이 이젠 누나다

  영희 누나다 영희 누나다

  개울물 반짝이는 평장골 뒷개울에서도

  고드름 떨어지는 겨울 한나절에도

  누나와 동생으로 꾸는 꿈은

  솔개그늘처럼 아늑했다

  영희 누나가 있으면 배고프지 않았다

  울지도 않고 숙제도 잘했다

  영희 누나한테 착한 어린이가 되지 못한 날은

  꿈속에서 벌서며 오줌을 쌌다

〈영희 누나〉 중에서

그러나 권 선생의 도움은 한 해를 넘기지 못했고, 오탁번은 입주 가정교사 등을 하며 숙식을 해결해야 했다. 가난은 넘을 수 없는 벽이었다. 기름진 밥 먹고 용돈 든든히 받아 가며 공부하는 친구들이 부럽고 자신의 처지가 원망스러웠다.

"친구 집에서 입주 가정교사를 하며 숙식을 하고 있었는데 밥숟가락에 물이 떨어져. 눈물이야. 넉넉한 집에 사는 친구에게 계속 열등감을 느꼈던 거지. 숟가락 놓고 학교 가서 선생님에게 못 다니겠다고 말했지. 그날로 학교를 그만뒀어."

원서문학관 안에 있는 오 시인의 서재에서 소주를 나눠 마시며 인터뷰를 진행했다.

더 이상 학교는 안 나갔지만 원주고등학교는 어찌어찌해서 오 시인에게 졸업장을 주었다. 이후 우여곡절 끝에 스물두 살에 고려대학교 영문학과에 입학했다. 《고대신문》 편집장, 고대 '응원의 노래' 작사가가 됐고, 30년 동안 모교의 국어교육학과 교수생활을 했다. 오탁번은 잠시 말을 멈췄다. 눈시울이 붉어져 있다. "돌아보니 우습다"고 한숨 쉬듯 내뱉는다.

| 문학청년에서 풍자와 해학의 시인으로 |

그의 글 실력은 원주고등학교 시절부터 빛을 발했다. 청소년문예지 《학원》에 시와 산문이 여러 차례 실렸고, 고등학교 3학년 때 시 〈걸어가는 사람〉으로 학원문학상을 받았다. 《고대신문》 기자를 하던 스물네 살 때는 동화 《철이와 아버지》로 동아일보 신춘문예에 당선됐고, 이듬해 중앙일보 신춘문예에서는 시 〈순은이 빛나는 이 아침〉으로 입상했다. 군 입대를 앞두고는 소설 《처형의 땅》으로 등단했다. 동화, 시, 소설 등 세 장르에서 모두 '싹수'를 보였던 셈이다. 이후 《손님》 《우리 동네》 등 시집 8권, 《현대시의 이해》 《헛똑똑이의 시 읽기》 등 평론집과 산문집을 다수 발표했다. 1997년에 시 〈백두산천지〉로 제9회 정지용문학상을 받았고, 2008년에는 38대 한국시인협회장을 역

임했다. 그는 여러 시 작품 중에서도 〈백두산천지〉에 각별한 애정을
보였다.

"이 시는 인큐베이터에 들어갔다가 가까스로 목숨을 부지하고 나
온 신생아와도 같아요. 건강이 시원찮은 나를 모태로 한 죄로, 마음
속에서 잉태되고 발육되는 일이 반복되다가 이제 비로소 가장 단순
한 모음으로 이 세상을 향해 첫 울음을 울고 있는 거죠."

● 하늘과 땅 사이는 애초부터 없었다는 듯 천지가 그대로 하늘이 되고
   구름결이 되어 백두산 산허리마다 까마득하게 푸른하늘 구름바다 거
   느린다. 화산암 돌가루가 하늘 아래로 자꾸만 부스러져 내리는 백두
   산 천지의 낭떠러지 위에서 나도 자잘한 꽃잎이 되어 아스라한 하늘
   속으로 흩어져 날아간다. 아기집에서 갓 태어난 아기처럼 혼자 울지도
   젖을 빨지도 못한다. 온가람 즈믄 뫼 비롯하는 백두산 그 하늘에 올라
   마침내 바로 서지도 못하고 젖배 곯아 젖니도 제때 나지 못할 내 운
   명이 새삼 두려워 백두산 흰 멧부리 우러르며 얼음빛 푸른 천지 앞에
   숨결도 잊은 채 무릎 꿇는다.

〈백두산천지〉 중에서

인터뷰 도중에 전화가 걸려 왔다. 충북 청주의 한 신문사에서 문화
행사의 시 낭송을 부탁하는 전화였다. 사양할 듯 하다가 결국 약속

을 잡는다. 오탁번의 시에는 특유의 천진함과 자유, 유머가 넘친다. 그래서 전국의 시 낭송회에 자주 초대된다. "눈이 좆나게 내려부렸당께"(《폭설》) 등 눈치 보지 않는 표현들이 독자를 사로잡는다. 박현수 경북대 국문과 교수는 "오탁번의 익살은 삶의 틈새를 진솔하고 자유롭게 오가는 시원시원한 행보에서 시작한다"고 평했다.

"내가 원래 장난기가 많은 사람이지. 어렵게 자랐지만 유년 시절부터 장난기가 많았어. 시란 것이 이념이나 사상을 담기엔 한계가 있지. 서동요나 헌화가를 봐. 다 놀이면서 시잖아. 우리나라 사람들이 아주 슬프게 탄식하는 소리는 웃음소리와 닮았어. '허허'를 생각해 봐."

● 시골 버스 정류장에서
  할머니와 서양 아저씨가
  읍내로 가는 버스를 기다리고 있다
  시간이 제멋대로인 버스가
  한참 후에 왔다

  ─왔데이!

  할머니가 말했다
  할머니 말을 영어인 줄 알고

　　　　　　　　　　　　　　내 뜻대로 산다

눈이 파란 아저씨가

오늘은 월요일이라고 대꾸했다

ㅡ먼데이!

버스를 보고 뭐냐고 묻는 줄 알고

할머니가 친절하게 말했다

ㅡ버스데이!

〈해피 버스데이〉

  오 시인은 젊은이들이 문자메시지 등을 쓸 때 애용하는 이모티콘 (그림문자)이나 특수문자도 시에 자유롭게 활용한다. 체면과 규범에 갇히지 않는다. 무엇보다 우리말에 대한 사랑이 남다르다. 국어사전을 베개처럼 안고 산다고 한다. '홰친홰친'(낚싯대에 물고기가 걸린 것처럼 탄력 있는 물체가 흔들거리는 모양새), '다람다람'(물방울 따위의 자그마한 물건들이 잇따라 매달린 모양), '눈흘레'(눈요기로 상대를 보며 성교하는 일을 상상하는 것) 등 잘 모르던 우리말을 찾은 날엔 위스키 한 잔 '원샷' 하고 산삼 찾은 심마니마냥 동네를 쏘다닌다고 말한다.

  오 시인은 〈향수〉의 시인 정지용을 주제로 석사학위를 받았다.

1980년대 민중시가 유행할 때도 대학에서 서정주 시론을 강의했다. 제자에게는 〈통영〉 〈고향〉의 시인 백석을 연구시키기도 했다. 서정시를 가르치면 비겁자로 몰리기도 했던 시대였다. 학생들에게 비난을 받은 일도 있다. 하지만 그는 일부 진보 성향 시인들이 대자보처럼 시를 쓰는 게 못마땅하다고 말했다.

"민중시의 치열성은 의의가 있다손 치더라도 대자보의 격문과 다를 게 없어. 나는 언제나 문학 작품으로 현실을 다룰 때는 그 현실조차 문학의 일부가 되어야지, 그렇지 않으면 그것은 이미 문학의 위쪽이거나 혹은 아래쪽이라는 신념을 지니고 있거든."

● 걸레처럼 살면서

  깃발 같은 시를 쓰는 척하면 된다

  걸레도 양잿물에 된통 빨아서

  풀 먹여 다림질하면 깃발이 된다.

  〈우리 시대의 시 창작론〉 중에서

오 시인은 수도여자사범대학을 거쳐 서른여섯 살부터 고려대학교 국어교육학과 교수로 일했고, 2008년 8월 정년퇴임했다. 교수라는 안정된 자리에서 작품 활동으로 상도 타고 하니 문단의 시기와 질투가 만만치 않았다고 한다. 밤새 고민하며 써낸 시를 "가벼운 재주 자랑"으로 폄하하는 시선에 가슴앓이도 많이 했다. 하지만 세월은 그 모든 것을 지나가게 만들었다.

| 지금도 힘들 때면 '교신'하는 어머니 |

오탁번에게 '유일한 종교'는 어머니다. 나이 서른에 오탁번을 낳고 서른셋에 과부가 된 어머니는 초등학교도 안 나왔지만 한문을 스스로 깨우쳤고 인정이 많아 마을에서 큰 어른 대접을 받았다고 한다. 어머니는 늘 오 시인을 전폭적으로 믿었다. 고등학교를 그만뒀을 때도 "탁번이 냅둬라, 내가 안다"고 한마디 한 것이 다였다.

"어머니는 나에게 큰 바위 얼굴, 북한식으로는 최고 존엄이었지."

오 시인은 원서문학관 앞에 어머니의 조각상을 세워 놓고 노란 국화꽃을 올려놓았다. 힘들 때면 초롱불을 들고 마당에 나와 돌아가신 어머니와 '교신'한다. "안심하여라. 너는 험한 꼴은 보지 않는다." 비행기를 탈 때도 고속도로를 운전할 때도 늘 어머니 목소리가 들리는 것 같다.

● 어머니 어머니
  하관의 밧줄이 흙에 닿는 순간에도

오탁번 시인은 원서문학관 앞에 어머니 조각상을 세워 놓고 아침저녁으로 문안한다.

어머니의 모음을 부르는 나는

놋요강이다 밤중에 어머니가 대어 주던

지린내 나는 요강이다 툇마루 끝에 묻힌

오줌통이다 오줌통에 비치던

잿빛 처마 끝이다

이엉에서 떨어지던 눈도 못 뜬

벌레다

밭두럭에서 물똥을 누면

내 뜻대로 산다

어머니가 뒤 닦아 주던 콩잎이다 눈물이다

저승은 한줌 재로 변하여

이름 모를 뿌리들의 풀꽃으로 돌아오고

<하관> 중에서

| 전생의 꿈을 꾸듯 찾아온 고향 |

오 시인은 지난 2003년 백운국민학교 애련분교의 부지와 건물을 샀다. 자신이 다니던 국민학교의 분교다. 교실 세 칸과 숙직실, 안채를 손보아 아담한 문학관을 만들었다. 제천과 원주 일대를 둘러보다 결국 '삶의 밑변'이었던 천등산 박달재 아래 자리를 잡았다. 문학관의 이름은 원서헌(遠西軒), 제천에서도 먼 서쪽이라는 뜻의 조선시대 지명이다. 해가 지는 곳이다.

"서방정토(불교에서 말하는 서쪽 끝의 극락세계)의 심상이 떠오르게 하지. 서쪽은 해가 기우는 땅으로 몰락을 의미해. 그런데 소멸은 곧 생성의 출발이기도 하거든. 그런 의미에서 '먼 서쪽'이라는 뜻의 '원서'라는 이름이 그윽하고 좋게 다가왔어."

원서문학관은 누구의 문학세계를 기리는 곳이 아니라 누구나 와서 둘러보고 글을 쓸 수 있는 곳이다. 오 시인은 매년 여름방학이면 지역 초등학생들을 대상으로 무료 어린이시인학교를 열고 각지에서 온 시인들이 자원봉사를 했다. 또 '원서문학관 시의 축제'를 통해 야생화와 농부, 모국어 등을 주제로 세미나를 열었다. 오 시인은 이제 학생들보다는 시 선생들을 제대로 가르치고 싶다는 생각을 하고 있다.

"혼자 이 모든 일을 하려니 작은 몸뚱이가 힘겨워. 요즘 시 교육이 엉망이거든. 교육자들을 상대로 재교육을 하고 싶어. 그게 내 역할이기도 하고."

전생의 꿈을 꾸듯 찾아온 고향에 손윗사람들은 대부분 이미 세상을 떠나고 없었다. 오 시인은 젊은 시절 '라라'(《닥터지바고》의 여주인공 이름)라고 불렀던 아내 김은자 교수(한림대 국문과)와 함께 이곳에서 '느린 삶'을 즐길 생각이다. 텃밭에 심은 채소와 함께 고기를 구워 먹으며 정겨운 손님들과 두레반(둘러앉는 밥상) 밥냄새를 풍기며 살고자 한다.

● 대문을 들어설 때부터 풍겨 오는
　맛있는 밥냄새를 맡고
　내가 어머니의 등에서 울며 보채면
　장지문을 열고 진외당숙모가 말했다

　―언놈이 밥 먹이고 가요

폐교를 개조한 원서문학관 안 복도. 각종 시집들이 즐비해 있다.

충북 제천시 백운면 애련리 원서문학관. 오탁번 시인은 폐교된 초등학교 운동장에 텃밭을 일구었다.

그제야 나는 울음을 뚝 그쳤다

밥소라에서 퍼주는 따끈따끈한 밥을

내가 하동지동 먹는 걸 보고

진외*당숙모가 나에게 말했다

─밥 때 되면 만날 온나

아, 나는 이날 이때까지

이렇게 고운 목소리를 들어 본 적이 없다

태어나서 젖을 못 먹고

밥조차 굶주리는 나의 유년은

진외가 집에서 풍겨오는 밥냄새를 맡으며

겨우 숨을 이어갔다

〈밥냄새〉 중에서

2013년 10월 20일.

＊진외가: 아버지의 외가.

4

호주제 없앤 '꼴통 페미'가
동학에 꽂힌 이유

옥천군 청산면의 한의사 고은광순

부모의 성(姓)을 둘 다 받아 이름이 네 글자인 사람은 종종 편견어린 시선을 받는다. 혹시 동성애자가 아닐까, 과격한 페미니스트는 아닐까. 1990년대 이후 '부모 성 함께 쓰기' 운동을 펼치고 호주제 폐지에도 앞장섰던 한의사 고은광순 씨의 경우 전자는 아니지만 대한민국을 대표하는 페미니스트의 한 사람인 것은 분명하다. 그것도 수많은 '안티 페미니스트' 남성들에게 '꼴통 페미'라는 공격을 받았던 '싸움닭' 출신이다. 그가 2011년 충북 옥천군 청산면에 한의원을 내고 정착했다. 남편과 두 아들은 서울에 두고 단신으로. 꽃피는 봄날 '왜 귀촌인가'라는 질문을 품고 그가 운영하는 솔빛한의원을 찾았다.

정확한 번지수도 없이 "삼방리 저수지 위 하얀 집"이라는 문자 메시지만으로 어찌어찌 찾아간 집은 양지바른 자드락에 있었다. 높지 않은 산들이 사방을 겹겹이 둘러싸고 있고, 집 앞 수로에는 올챙이 무리가 빠르게 움직이고 있었다. 뜰에 핀 노란 수선화가 수줍어 보였다.

고은광순 씨는 2011년 10월 이곳에 내려온 뒤 직접 도면을 그려 한의원과 살림집, 명상방을 합한 40평 남짓의 다목적 나무집을 이듬해 완공했다. 집 안에는 큰 유리창을 통해 쏟아져 들어온 햇빛과 마른 약재 향이 기분을 좋게 했다. 고은광순 씨와의 대화 내내 창밖으로 산벚꽃 잎이 흩날렸다.

고광순 씨가 고은광순으로 이름을 바꾼 과정에는 파란만장한 우리 현대사가 압축돼 있다. 1955년 서울에서 태어나 이화여대 사회학과에 입학한 고은광순 씨는 박정희와 전두환 두 군부정권을 통과하며 긴급조치 위반 등으로 두 번 구속되고 두 번 제적당했다. 국가정보원의 전신인 국가안전기획부에 '요시찰'로 찍혀 복학도 못하고 여권도 만들 수 없어 유학도 가지 못했다.

그러다 "탈난 허리도 고치고 쓸 만한 전문 면허나 따 보자"는 심산으로 서른 살에 대전대학교 한의예과에 진학했고, 1992년 한의원을 개원했다. 그런데 먼저 관심을 가진 건 한의원의 흑자 경영이 아니라

의료계에 산적한 부조리였다. 약사가 한약을 제조하고 한의사들은 태아 성 감별에 '아들 낳는 약' 따위를 만들어 돈 버는 데 혈안이었다. 보건복지부에는 한의학을 다루는 부서도 없었다. 누적된 문제들은 1995년 '한의약 분쟁'으로 터졌고, 당시 김영삼 정부는 거리로 나온 한의사들에게 최루탄을 쏘았다. 그 중심에 고은광순 씨가 있었다.

| 운동권 출신 한의사가 '배낭 투쟁'에 나선 사연 |

여성문제에 처음 눈을 뜬 것은 1996년《대한여한의사회보》를 만들면서부터다. 고은광순 씨는 당시 글에서 한의사들의 아들 낳는 처방을 비판하며 남아 선호와 여아 낙태 등을 막아야 한다고 주장했다. 같은 맥락에서 여성단체 연합과 남녀 출생성비 불균형 문제 해결을 위한 토론을 하다가 '호주제를 폐지해야 한다'는 결론에 이르렀다.

호주제는 남성 중심 가족 문화의 상징적인 제도로, 자녀는 아버지의 성만 따를 수 있고 부부가 이혼할 경우 아내의 호적에 자녀의 이름을 올릴 수 없게 막았다. 또 남편이 사망할 경우 아들이 호주 지위를 승계해 아내가 유산 상속에서 불리해지기도 했다. 고은광순 씨는 '호주제폐지시민모임'의 대표를 맡아 300명 가까운 국회의원을 찾아다니며 설득 작전을 폈다. 가방에 호주제 폐지 주장을 담은 유인물이 가득해 '배낭 투쟁'이라고 불렀다. 어떤 이들은 고은광순 씨를 향해 '꼴페'(꼴통 페미니스트)라고 비난했지만 우군도 나타났다.

민주사회를위한변호사모임은 고은광순 씨 편에서 호주제 위헌 소송을 제기했다. 이석태 변호사와 진선미 변호사, 이정희 변호사 등이 소송단을 이끌었다. 사회 각계 인사들도 재혼 가정 자녀들에게 상처를 주는 호주제를 강도 높게 비판했다. 마침내 2005년 대법원이 호주제에 대해 헌법 불합치 결정을 내렸고, 같은 해 민법이 개정됐다. 이어 2008년 이를 반영한 새로운 가족관계등록부제도가 도입되었다. 고은광순 씨는 2003년에 공식으로 이름을 고은광순으로 개명했다.

"당시 사람들이 '호주제가 폐지될 가능성이 몇 퍼센트나 되겠냐'고 물었어요. 어리석은 질문이라고 생각했어요. 옳은 일이라면 관철될 때까지 끝까지 한다는 각오였거든요. 중국 당나라 때는 여성들의 발을 묶어 성장하지 못하도록 하는 전족이 천 년간 세습됐지만, 이제는 그것을 전통이니 지켜야 한다고 말하는 사람이 없잖아요. 호주제도 마찬가지였어요."

'부당한 제도'와의 투쟁은 호주제로 끝이 아니었다. 고은광순 씨는 2007년 종교법인의 투명성을 확보하기 위한 종교법인법운동을, 2008년에는 배우 최진실 사망으로 불거졌던 친권자동부활반대운동을 펼쳤다. 2009년부터는 사회 오피니언리더 모임인 '더불어 행복한 세상을 여는 여성 모임'을 함께하며 '내 제사 거부 운동'을 하고 있다.

　　　　　　　　　　　　　내 뜻대로 산다

고부간 갈등 등 가족간 불화를 일으키고 심지어 살인 같은 범죄로까지 이어지는 제사를 '자신의 대'에서 끊자는 것이다.

"소설가 이문열은 책《선택》에서 제사상에 올릴 떡시루에 김이 안 올라와 목을 맨 며느리에게 '섬뜩한 아름다움'을 발견한다고 썼어요. 이 문구에 찬성할 사람이 어디 있어요? 제사라는 것도 3300년 전 중국이 왕권을 합리화하기 위해 만들어 낸 제도예요. 이제는 죽음이 아닌 삶에 초점을 맞춰야죠. 살아 있는 사람을 중심으로 함께 즐길 수 있는 문화요."

고은광순 씨는 1977년 후배들에게 4·19혁명 기념으로 검은리본을 만들라고 지시했다가 긴급조치 9호 위반으로 구속되었다. 이 긴급조치 9호가 2013년 3월 헌법재판소에서 위헌 판결이 나면서 고은광순 씨의 검은리본 사건도 무죄 선고가 났다. 무려 36년 만이다. 40년 가까이 매번 주제를 바꾸며 싸우는 데 지치지는 않을까.

"크게 스트레스를 받지 않아요. 내가 하는 일이 옳으니까요. 또 그렇게 해야 내가 편하잖아요. 독재가 사라져야 내가 편하고 호주제가 없어져야 내가 편하죠. 근데 그 일이 결국 (사회 구성원들과) 더불어 좋으니까 그게 진짜 좋은 거죠."

화염병 대신 장미꽃을 드는 시위

1999년 고은광순 씨가 쓴 담시집 《어느 안티미스코리아의 반란》에는 초창기 하이텔과 천리안 등 피시통신 1세대 논객으로 활약하며 당한 고충이 담겨 있다. 고은광순 씨가 글만 쓰면 악플러들이 입에 담지 못할 욕설로 댓글을 달았다고 한다. 어느 네티즌이 악성 프로그램을 이용해 인터넷 카페에 비난 글을 쓰는 바람에 고은광순 씨는 인터넷 사이트를 옮겨 다니며 정치모임을 만들었고, 그런 그녀를 사람들은 '잔 다르크'라 불렀다.

쿨한 척 했지만 투쟁의 상처는 차곡차곡 가슴 속에 쌓였다. 어느 날 고은광순 씨는 갑작스레 울컥 눈물이 났다고 한다. "마음의 평화가 필요하다고 느꼈죠." 불교 신자였던 어머니를 따라 절에 가서 기도하고 시간이 날 때마다 템플 스테이에 참가했다. 묵언 수행도 했다. 두세 시간 꼼짝 않고 앉아 죽비를 맞아 가며 수련하다 보니 세상이 달리 보이기 시작했다. 말로 표현할 수 없는 환희심(歡喜心, 배품과 용서, 너그러움이 조화된 아름다운 마음의 상태)이 생겼다. 하지만 한 절에서 승려가 "계를 어기면 여자로 태어나거나 가난한 사람으로 태어난다"고 하는 충격적인 말을 듣고 그 절에 발길을 끊었다.

"확 깼어요. 빈부 차이는 사회 개혁으로 없애야 하고, 장애는 사회 제도를 개선해 그들도 살아갈 수 있는 세상을 만들어야 하는 거잖아

고은광순 씨와 어머니가 함께 찍은 흑백사진을 연필로 그렸다. 고은
광순 씨는 노모가 돌아가시기 전까지 함께했던 시간을 《시골 한의사
고은광순의 힐링》으로 출간했다.

요. 어떤 사찰에서는 정월 초하루에 여자들의 출입을 막기도 했어요. 여자는 '음의 수'라서 마를 끼고 들어올 수 있다나. 부처님 도력으로 그걸 못 깨나요."

실망한 고은광순 씨는 마음 둘 곳을 찾다 2008년 지인의 소개로 충남 공주시 계룡면 갑사의 명상동호회를 만났다. 피아(彼我) 식별을 분명히하고 투쟁하던 그간 삶과 달리 그곳에서는 누구도 원망하지 말라고 가르쳤다. 그런데 오히려 마음의 평화와 긍정의 에너지가 생겼다. 2010년에는 치매를 앓던 86세 노모를 갑사에서 임종 때까지 6개월간 부양하며 마음공부를 했고, 이 내용을 바탕으로 2012년 《시골 한의사 고은광순의 힐링》을 펴냈다. 요즘은 전국 각지를 다니며 마음치유 강의도 한다.

사회운동가가 지역으로 귀촌했을 때 사람들은 현실 도피가 아닌지 묻는다고 한다. 고은광순 씨는 "저항이 급선무였던 1970, 80년대와 오늘은 다르다"며 "다변화된 시대에는 화염병 대신 장미꽃을 드는 시위, 폭력이 아닌 노래가 있는 시위가 더 끈질기고 바람직하다"고 말했다. 이제는 시민들의 내면의 에너지를 높여야 사회가 한 단계 더 진보한다고 주장했다.

"1970년대는 학생운동, 1990년대는 여성운동을 했어요. 그동안의 투쟁도 어떻게 보면 모두 '힐링'이에요. 사회의 부조리를 바꾸는 '사회적 힐링'이죠. 그런데 이제는 개인의 내공이 높아지지 않으면 안 돼

내 뜻대로 산다

요. 대통령 하나 바뀐다고 해서 모든 게 바뀌지 않죠. 결국 사람들 각자의 내공과 지혜가 높아지면 올바른 시스템이 정착될 거라 생각해요."

| 여성과 동학 명상이 어울어진 마을 |

요즘 고은광순 씨가 집중하는 주제는 동학이다. 고은광순 씨가 이 곳으로 이사 왔을 때 일면식도 없던 도종환 시인이 자신의 책《정순철 평전》을 보내왔다고 한다. 1901년 옥천에서 태어난 정순철은 〈엄마 앞에서 짝짜꿍〉〈빛나는 졸업장을 타신 언니께〉 등을 지은 동요 작곡가로 소파 방정환과 함께 어린이문화운동을 펼친 인물이다. 그런데《정순철 평전》내용의 대부분이 동학농민운동이었다. 알고 보니 정순철은 동학 2대 교주였던 최시형의 외손자였고, 옥천군 청산면은 우리 민족 최초 최대의 민중운동이라 평가받는 동학농민운동의 총 본산지였다.

"충청도를 '멍청도'라고 하잖아요. 아니에요. 뛰어난 사람들이 다 충청도 사람이었어요. 손병희, 손천민, 황하일, 성두한 등 뛰어난 동학 접주(接主, 동학의 교단 조직인 접의 책임자를 이르던 말)들이 많았어요. 충청도는 특히 교통도 좋고 속리산을 통해 강원도로 연결돼 도망

고은광순 씨는 충북 지역에서 활발히 움직였던 동학농민운동에 대해 글을 쓰고 있다. 책상 위 스케줄 표에는 그간 모은 자료들이 연대기별로 정리돼 있다.

가기도 좋았죠. 혁명을 일으키기 유리한 조건이죠."

동학은 고은광순 씨가 청춘을 바쳐 온 여성운동의 가치와도 통했다. 양반과 평민, 남자와 여자 모두 다 같은 '하늘님'이라는 인내천(人乃天) 사상, 여종을 수양딸과 며느리로 삼았던 동학 창시자 수운 최제우의 급진적 행동이 모두 그녀가 꿈꾸던 세상과 가까웠다. 고은광순 씨는 열여섯 명의 여성들과 함께 기획해 크라우드펀딩을 통해 자금을 모은 뒤 2015년 전 14권의 동학 소설을 발표했다. 그중 고은광순 씨는 해월 최시형의 딸이자 정순철의 어머니인 최윤의 삶을 소설로 썼다. 제목은 《해월의 딸 용담할매》다.

"호주제폐지운동을 하면서 부딪힌 게 '가문' '혈통' '미풍양속'과 같은 것들이에요. 그런데 가문이라는 것이 대부분 일제강점기에 만들어진 가짜 족보들을 바탕으로 해요. 대한민국에는 그렇게 찌질한 남자들밖에 없나 푸념하다가 동학을 만난 거예요. '하늘과 땅이 모두 부모다', 조상이 아닌 나를 위해 위패를 설치하라는 '향아설위'(向我設位)처럼 동학에는 위대한 생각들이 있죠."

고은광순 씨는 갑사 명상 공동체 식구 40명과 함께 솔빛한의원 근처에 '명상하는 마을'을 만들고 있다. 두 아들은 군대도 다녀오고 장성해서 혼자 옥천에서 일하는 게 별 부담이 없다고 한다. 명상 공동체 식구들은 이곳에서 제각각 집을 짓고 적당한 노동을 통해 자급자족하는 소박한 마을을 일굴 계획이다. 여성과 동학, 명상이 어우러진 마을은 어떤 모습일까. 궁금증을 남기고 고은광순 씨는 마을 노인들을 왕진하기 위해 길을 나섰다.

2014년 4월 14일.

이 책 인세로 술 마시고
저 책 인세로 쌀 사면 된다

제천시 덕산면의 만화가 이은홍

그는 장기하의 노래 〈별일 없이 산다〉의 가사처럼 "별 다른 걱정 없이 잘 살고 있다"고 말했다. 아들은 중학교만 마치고 '가방끈'을 놓았지만 "기타도 잘 치지, 주위에 좋은 어른들 많지, 스펙이 나보다 훨씬 뛰어나다"고 자랑했다. 생활비에 대해서는 "이 책 인세로 술 마시고 저 책 인세로 쌀 사면 된다"고 덤덤하게 말했다. 충북 제천시 덕산면 사내실 마을에 10여 년째 살며 어린이 역사 만화를 그리는 이은홍 작가, 한때 그는 치열하고도 '불온한' 청년이었다.

| 화염병보다 강했던 만화 '깡순이' |

이 작가는 1980, 90년대 노동계에서 '운동권 공식 지정 만화가'로 통했다. 1984년 홍익대학교 동양화과를 졸업한 그는 인천 부평의 한 금속공장에서 6개월여 일하다 철판을 발에 떨어뜨려 발가락 골절상을 입은 뒤 서울노동운동연합(이후 서노련)에 들어가 펜을 잡았다.

"만화는 저렴하면서 쉽게 복제가 가능하잖아요. 만화를 '짱돌과 화염병보다 강한 선전 도구로 생각했죠. 아름답게 그리는 것보다 선전물의 내용을 더 중시하며 그렸어요. 예술가보다는 활동가로서의 삶을 산 셈이죠."

그는 1986년 5월 서노련의 기관지 《노동자신문》에 그린 네 컷짜리 만화 〈깡순이〉와 노동자 임금인상투쟁 지침을 그린 교육용 만화 〈사장과 진실〉이 이적 표현물로 분류되면서 만화가로는 처음 국가보안법 위반으로 구속돼 6개월의 실형을 살았다. 노동 3권을 보장하고 최저임금을 준수하라고 주장한 것이 '이적행위'로 간주된 것이다. 당시 서노련 지도위원이었던 김문수 전 경기도지사와 심상정 정의당 국회의원도 이때 함께 붙잡혔다.

'깡순이'의 모델은 젊은 여성 노동자였다. 1972년 동일방직과 1975년 와이에이치(YH)무역 사건 등 여성 노동자들의 투쟁이 사회적으로 큰 반향을 일으킨 후라 〈깡순이〉에 대한 노동계의 반응이 뜨거

서울노동운동연합 기관지에서 만화를 그릴 때 찍은 사진을 그림으로 그렸다. 중간에 앉은 남자가 이은홍 작가다. 활동가 신분을 위장하기 위해 정장을 입었다. 하지만 급히 빌린 옷이라 위아래 색이 다르고 나팔바지를 입었다.

윘다.

"(실형을 살고 나오니) 사법기관에서 인정한 공식 운동권 만화가가 된 거죠. 오히려 일거리가 더 많아졌어요. 대공장 노조, 소공장 노조 할 것 없이 만화를 그려 달라는 요청이 끊이질 않았죠."

당시 전두환 군사정권은 보도지침을 내리는 등 언론을 노골적으로 통제했고, 의식 있는 일간지 만화가들은 검열관의 감시 속에서도 칸과 칸 사이에 진실을 담으려 애썼다. 이은홍 작가 같은 민중 만화가들은 지하에 모여 운동권 모임들을 위한 교육용 만화를 그렸고, '범

죄의 증거물'이 될 수 있는 원고는 출판하고 나서 바로 쓰레기통에 버렸다. 실명 대신 '깡순이' '뚝심이' 등 캐릭터 이름으로 작가 명을 대신했다. 급할 때는 터미널에서 그림을 그려 팩스로 보내고는 원고를 바로 구겨서 버리기도 했다. 이 때문에 이 작가에게는 만화 원본이 거의 남아 있지 않다. 1989년 결혼한 뒤 아내 신혜원(삽화가) 씨가 모아 둔 스크랩북 두 권 분량이 전부다.

| 지배자의 역사는 그만, 주인공은 민중 |

1987년 민주항쟁과 노동자투쟁 이후 큰 공장마다 노동조합이 생기고 1990년대 들어서는 투쟁성이 강한 전국민주노동조합총연맹(민주노총)이 결성되었다. 하지만 이 작가는 "전두환부터 김대중까지 대통령 얼굴만 바뀌었지 노동자들의 현실은 변한 것이 없다"고 느꼈다. 또 만화 한 장만 그려도 잡혀 가던 시절은 그만큼 작업의 의미도 컸지만 대공장 노조 얼마 소공장 노조 얼마 등 원고료를 따지게 되니 "운동도 예술도 아니다"라는 회의가 들었다. 그러던 중 1995년 사계절출판사에서 신문 형식의 만화책 《역사신문》에 만화를 그려 달라는 요청이 왔다.

"비주류 매체인 만화는 시장에서 그저 소비만 될 뿐이었고, 광장에서의 시민운동은 느슨해졌죠. 어떤 길을 가야 하나 고민이 컸어요. 그래도 광장과 시장은 붙어 있지 않나요? 차라리 사람이 많은 (출판) 시장으로 가자고 결심했죠."

그는 역사 만화를 그리면서 지배자가 아닌 민중의 시선으로 한국사를 재배치했다. 2003년에는 본격적으로 글과 그림을 도맡아 《역사야, 나오너라!》를 도서출판 푸른숲에서 출간했는데, "역사란 민주주의로 다가가는 길"이라는 관점을 어린이와 대화하는 방식으로 풀어냈다. 왕과 장군들의 인물 열전이 아닌, 권력투쟁에 스러져 갔지만 조금씩 각성하는 민중의 모습에 초점을 맞췄다. 12세기 초 무신정권에 반대하며 신분해방운동을 벌인 노비 만적을 보며 고려의 희망을 그리고, 1232년 몽골항쟁에서 끝까지 고려를 지켜 내고자 했던 충주성 전투를 보며 백성의 저력을 역설했다. 조선 숙종 때 조선을 발칵 뒤집어 놓은 도적 장길산과 동학농민운동을 했던 녹두장군 전봉준은 그의 책에서 세종대왕만큼이나 많은 분량을 차지한다. 이 책은 10만 부 넘게 팔렸다.

"아이들 상대로 역사 강연을 할 때면 먼저 아이들에게 아는 역사 인물을 말해 보라고 해요. 그러면 대부분 왕이나 장군, 관료들을 말하거든요. 또 대부분이 남자예요. 그걸 알려주면 아이들도 놀라죠. 거기서부터 역사 강의를 시작해요. 왜 역사가 권력자나 남성들 위주로 기술되었는지, 또 민주주의는 무엇이고, 나누며 사는 것이 왜 중요

내 뜻대로 산다

한지에 대해서요."

이은홍 작가는 《역사신문》을 시작으로 《세계사신문》 등 10여 권의 역사책에 삽화와 만평을 그렸다. 2008년에는 연암 박지원의 단편소설 《예덕 선생전》을 직접 각색한 《세상에서 가장 멋진 내 친구 똥퍼》로 부천국제만화축제에서 어린이만화상을 받았다. 2015년 초에는 그의 우상이자 '머털도사'를 그린 이두호 화백과 손을 잡고 선사시대부터 1987년 민주화운동까지의 역사를 그린 《머털이 한국사》 10권을 완간했다. 아내인 신혜원 작가와도 아이들이 주변에서 겪는 일, 곁에 있는 동물 등을 주제로 한 《글자 없는 그림책》을 함께 그렸다.

"아이들 책을 만들어야겠다는 생각은 애를 키우면서 하게 됐어요. 우리 아이에게 읽힐 책을 직접 만드는 거였죠. 우리 아이가 대여섯 살 때는 《글자 없는 그림책》을, 조금 자라서는 동화책에 삽화를, 6학년이 돼서는 역사 만화를 그렸죠."

당시 초등학교 6학년이던 아들과 함께 이 작가네 세 가족은 2004년 충북 제천으로 이사했다. 서울서 나고 자란 아내는 신혼 초부터 질박한 농촌살이에 막연한 동경이 있었고 아들도 농촌체험캠프를 몇 번 다녀오더니 "똥 푸는 일을 해도 좋으니 시골에 가고 싶다"고 노래를 불렀다. 이 작가 자신도 더 이상 도시에서 아이를 키울 자신이 없어 귀촌을 선택했다.

"인천에서 5년, 일산에서 10년, 아파트에서만 15년을 살았어요. 그러면 이웃집 아이들이 초등학교에서 고등학교까지 커 가는 모습을 다 보거든요. 눈 오면 아파트 주차장에서 눈싸움하고 놀던 아이들이 점점 눈에 초점이 없어지고 창백해지더니 인사도 안 하더라고요. 우리 아이에게라도 제 시간을 줘야겠다고 생각했어요."

이은홍 작가는 지은 지 60년 넘은 낡은 농가를 고쳐 살림집으로 쓰고 있다. 마당에는 계단식 텃밭이 소담스럽게 자리하고 있고 텃밭 앞 작업실에는 높다란 책장이 병풍처럼 둘러쳐 있다. 그에게는 고통스런 공간인 작업실에는 빛바랜 사회과학 책과 직접 쓴 30여 종의 어린이 역사 만화책이 정리되지 않은 채 쌓여 있다. 그는 처음 시골에 내려와서는 만화 작업이 잘 안 됐다고 한다. 주변 자연이 너무 아름다워 잠시 풍광에 취해 있으면 하루가 지나가 버렸다.

이은홍 작가의 어린이 역사 만화책들. 《이두호의 한국사 수업》은 이은홍 작가가 줄거리를 썼고, 《역사야, 나오너라!》는 10만 부 인쇄를 앞두고 있다.

내 뜻대로 산다

| 노동가치 인정받는 환경 만들고 싶어 |

이 작가는 종종 '다시 도시로 돌아갈 때가 되지 않았느냐'는 질문을 받는다. 하지만 돈독한 마을 인심 때문에 그럴 생각이 없다고 말한다. 마을 사람들이 농사법도 친절히 알려주고 때가 되면 브로콜리나 치커리, 양배추 등 농작물을 나눠 준다고 한다. 그 때문에 "시골은 굶어 죽고 싶어도 죽을 수도 없는" 행복한 역설이 가득한 공간이라고 한다.

그 역시 마을 주민들 사이에 녹아들려고 노력한다. 프로젝터와 디브이디(DVD)를 빌려와 종종 집에서 '작은 영화제'를 열고, 몇해 전까지는 제천시 덕산면에 있는 간디학교에서 만화 그리기를 가르쳤다. 그는 또 시간을 내 마을 주민들과 술잔을 기울이며 정을 나눈다. 그는 한자리에서 소주 열 병을 비울 정도로 알아주는 주당! 2001년 자신의 음주 편력기를 쓴 만화책 《술꾼》은 술 좀 마시는 문화인들 사이에서는 필독서로 꼽히며 당시 '오늘의우리만화상'을 수상하기도 했다.

이 작가는 양반의 허례허식을 비판한 연암 박지원의 《허생전》을 이은홍 버전으로 준비하고 있다. 몇 년째 원고를 쓰고 엎기를 반복하고 있지만 곧 세상의 빛을 볼 것이다. 이 시리즈를 마치면 당분간 어린이 만화 작업을 중단하고 노동해방에 관한 만화를 그릴 작정이다. 처음 펜을 잡았을 때의 문제의식으로 돌아가려는 것이다. 노동의 신

이은홍 작가는 1998년 노동절 김대중 전 대통령의 얼굴을 한 경찰이 시위자를 끌고 가는 만평을 그렸다. 민주화의 상징이던 김 대통령이 집권했지만 노동탄압은 여전했다.

성함을 강조하고 국민 다수가 노동자라는 각성을 확산시키려 한다.

"집회 현장에서 보면 '노동자도 인간이다'라는 구호를 외쳐요. 이건 틀렸어요. '노동자는 인간이다'라는 말이 더 적확하죠. 모든 인간은 노동자여야 합니다. 노동은 신성한 것이고, 국가 공무원도 관리자도 교사도 노동자라는 인식을 심어야 해요. 제값 받고 일할 수 있는 노동환경을 만드는 것, 십 수년 전 혼자 결심했던 목표입니다."

인터뷰를 한 4월 봄, 마침 대안학교인 간디학교를 졸업하고 서울 홍대거리에서 음악밴드 활동을 하는 이 작가의 아들이 친구와 함께 내려와 있었다. 안채 외벽을 페인트칠하기 위해 불렀다고 한다. 이 작가는 "오늘 집 대청소 날인데 인터뷰하러 와서 나만 노역에서 빠졌다"며 "인터뷰 끝나고 아들 데리고 술이나 한잔 해야겠다"고 흐뭇하게 웃었다.

2014년 4월.

6

우리 마을 통장님,
알고 보니 미술 작가

청주시 사직동의 653 예술상회 이종현 작가

외국인 강사가 공짜로 그림을 가르쳐 준다는 말에 선배를 따라간 곳
이 '653예술상회'였다. 1년이 365일이니 숫자를 달리 배치해 뭔가 특
별한 의미를 숨겨 둔 건 아닐까. 예술상회 대표 이종현 작가를 만나
물었다. 답은 간단했다. "번지수입니다." 충북 청주시 사직동 653번지,
옛 화교학교 자리에서 공공 미술작업을 하고 있는 이종현 작가를 인
터뷰했다.

까슬까슬한 삭발머리에 흰 머리칼이 보이는 이종현 작가는 충북
단양군에서 태어나 충주댐 건설로 마을이 수몰된 뒤 초등학교 때 청

내 뜻대로 산다

주시로 이주했다. 그림이 좋아 서울 홍익대학교 섬유미술과에 진학했고 대학원을 졸업한 뒤엔 학교 근처 작업실에서 작품 활동을 했다. 대표작 중 하나가 양서류 공예였다. 가느다란 쇠를 이어 붙여 두 뼘 크기의 도마뱀 모양을 만든 뒤, 도마뱀이 돌을 쥐고 던지는 모습이나 포박당해 옴짝달싹 못하는 모습을 만들어 전시했다. 이 작가는 "태초의 인간은 어머니 뱃속에서 자유로운 물고기의 모습이었지만 자궁을 뛰쳐나오면서 번민이 싹텄다"고 말한다. 물과 육지의 경계에 사는 양서류의 불완전한 모습이 고향 잃은 자신과 비슷했던 모양이다. 이 작가는 10여 년 전 작품 팸플릿에 양서류에 대해 이렇게 썼다.

"근원도 없이 아득한 암흑의 물속에서 조금씩 조금씩 호흡하다가 몹시도 더디게 헤엄치고 나와 밝은 곳 나무 아래서 잠이 들었다. 지느러미가 있던 자리에는 사지(四肢)가 돋고 정신없이 기어 다니고 뛰어다니다 그곳에서 너무 멀리 떨어져 버렸다. 이제는 갈 수 없는 아늑한 침묵 속으로 언젠가는 돌아가야 한다."

그러나 대한민국 서울특별시는 이 작가와 같은 '양서류'가 살 만한 곳이 아니었다. 벽화 작업과 대학 강의로 번 푼돈으로는 작업실 운영비와 작품 재료비조차 건지기 힘들었다. 1997년 외환위기까지 닥쳐 더욱 버티기 어렵게 되자 이 작가는 서울 장충동의 한 미술관에서 개인전을 연 뒤 1999년 말 어머니가 사는 청주로 돌아왔다.

충북 청주시 사직동 653예술상회 현판 앞에 서 있는 이종현 대표.

내 뜻대로 산다

| 미술관 밖 더 너른 무대에서 펼친 공공 미술 |

이런 곡절을 거쳐 새롭게 손 댄 작업이 '공공 미술'이었다. 대규모 건축물을 세울 때 건축비의 일정 부분을 미술작품 설치에 투자하도록 한 이른바 '1퍼센트법'이 의무사항이 되면서 미술계에 돈이 흐르기 시작한 즈음이다. 경제적 어려움에 처해 있던 미술가들에게 일감이 생겼다. 1990년대 말부터는 문화예술진흥기금과 스포츠베팅게임으로 조성된 '토토기금'이 문화사업에 쓰이면서 공공 미술이 더 활기를 찾았다. 정부와 각 지방자치단체는 '비엔날레' '아트센터' '문화제' 등의 다양한 이름으로 공공 미술사업에 뛰어들었다.

"2000년 즈음 한국 예술계의 괄목할 사건은 공공 미술의 등장이죠. 그때는 구체적인 개념이 없어 '바깥 예술'이라고 말했어요. 미술관 안이 아니라 미술관 바깥에서 작품 활동하겠다는 거죠. 제도권 미술에 대한 저항이었어요. 특히 어렵던 예술계에 정부 예산도 풀렸죠. 정부 쪽에서는 생색 내기 좋은 프로그램이라는 측면도 있었지만 어찌됐건 문화 예술이 전파되는 차원에서 다행스러운 일이었지요."

이종현 작가는 청주 지역 예술가 예닐곱 명을 모아 팀을 꾸렸다. 이름은 '공사삼일.' 당시 충북의 지역 전화번호인 0431에서 따왔다. 자신의 애마인 1톤 용달차에 회화 작품과 공예품을 싣고 고속도로 휴게소와 주요 도심지를 다니며 게릴라 전시를 했다. 수년째 같은 차를 몰고 다니는데, 미로 같은 동네 좁은 골목길을 이리저리 자유자재로 달린다. 2001년에는 쇠락한 가구 공장에서 미술전을 열었다. 진열된 가구 안에 그림을 걸어 놓기도 하고, 판매대기 중인 화장대와 식탁에 작가들의 소품을 설치했다. 미술관이 아닌 일상 공간에서도 예술이 가능하다는 것을 보여 주기 위해서였다.

하지만 '열정 페이'에 기댄 작업은 오래가기 어려웠다. 지역 언론이 잠깐 관심을 보이기는 했지만, 별다른 수입원 없이 작가들이 자비로 활동하다 보니 사업을 지속할 동력이 금방 바닥났다. 5년여 함께 활동하던 작가들이 생활비를 벌기 위해 뿔뿔이 흩어졌다. 혼자 남은 이 작가는 이민을 가기로 마음먹었다. 독신이라 딸린 가족도 없으니 결심하기도 어렵지 않았다. 짐을 싸서 친구가 있는 캐나다 밴쿠버로 갔다. 하지만 비자 발급에 문제가 생겨 몇 달 못 있다 귀국해야 했다. 주변의 시선이 부끄럽기도 하고 자분거리는 말도 싫어 일 년 가까이 폐인 생활을 했다. 낮에는 잠, 밤에는 술.

"좋아서 시작한 일이지만 계속 한계에 부딪히니까 못 버티겠더라고요. 남들 보기도 부끄럽고 해서 거의 일 년 가까이 햇빛 한 번 안 보고 살았어요."

그러다 자전거 여행을 떠났다. 친구가 운영하는 보리밥집에서 두 달 동안 일을 해 모은 300만 원을 쥐고, 외국인 친구가 사 준 자전거를 타고, 특별한 목적지 없이 동해 바다를 향해 페달을 밟았다. 2007

년 5월부터 63일 동안 전국 4500킬로미터를 내달렸다.

강원도 정선군에서 만난 마을 주민들은, 순진했던 이웃이 강원랜드 카지노에 빠져 폐인이 된 이야기를 들려주었다. 충남 태안군 만리포 주민들은, 바다에 살면 얼마나 낭만적이냐는 질문에, 바닷바람 짠 냄새를 견디며 살아 보라고 말했다. 전라도 지리산 언저리 어느 마을 사람은 공기가 좋다는 말에, 자연의 가혹함을 버티며 산에서 지내 보라고 꾸짖듯 말했다. 구원을 찾아 떠났다가 귀향해 다시 전투를 벌이는 영화 〈매드맥스〉 속 여전사들처럼, 이 작가는 청주로 돌아왔다.

| 쇠락한 옛 도심을 아이들과 함께 되살리다 |

2007년, 이 작가는 긴 여행을 마치고 가벼워진 몸으로 다시 일어섰다. 충북 한국민족예술단체총연합회가 운영하는 미술관에 입주 작가로 들어가 국제 교류 사업을 도우면서 작품 활동을 했다. 월급으로 60만 원을 받았다. 첫 무대는 청주시 내덕동 안덕벌이라는 마을이었다. 그곳은 1980년대만 해도 "돈이 도는 동네"였지만 2004년 연초제조창이 문을 닫으면서 주민들이 떠나 공동화 현상이 심해지고 있었다.

이 작가는 아이들과 '어린이 별똥대'를 만들었다. 마을 주민들을 만나 지역의 역사에 대해 듣고 지역 문화유산을 찾아 기록했다. 그것을 벽화나 콜라주 작품 등으로 표현해 작은 전시회를 열었다. 쓰고 버린 나무로 벤치를 만들어 마을 곳곳에 설치했다. 내덕 칠거리에서 청주대 예술대학과 벽화마을인 수암골 등을 잇는 2.5킬로미터의 '걷고 싶은 길'도 만들었다. 예전에는 아이들이 뛰노는 길이었지만 점차 잊혀져 가던 옛길을 복원했다. 이런 작업들 덕에 2015년 초 청주시로부터 '마을 순례길'을 만드는 용역을 의뢰받기도 했다. 청주시는 청주 출신 드라마 작가 김수현 씨와 협약을 맺어 드라마아트홀을 만들면서 인근에 마을 순례길을 조성하기로 했다.

"쇠퇴하고 있는 옛 도심 재생의 마지막 주제가 사실 아이들이에요. 젊은 사람들이 신흥 아파트 단지나 더 큰 도시로 다 떠나고 없으니까요. 또 아이들과 재미있게 프로그램을 진행하다 보면 그 밝은 에너지가 노인들에게 전달돼요. 노인들은 덩달아 차가 빨리 다니지나 않는지 아이들을 돌봐 주시기도 하고 간식도 내주고 이야기도 많이 해 주시지요. 마을 프로젝트에서 어린이 사업은 필수입니다."

그런데 큰 문제가 있었다. 정부가 지원하는 사업에 참여한 작가들이 프로젝트가 끝나면 마을을 떠나 버리는 것이었다. 가령 다문화가족에 관한 6개월짜리 미술 사업이 있으면, 작가들이 6개월만 일하고 다른 지역으로 가 버렸다. 그래서 이 작가는 2011년에 작가들이 머무르며 작업을 할 수 있는 공간을 만들었다. 그곳이 지금의 653예술상회다.

"왜 예술상회냐고요? 이름이 슈퍼마켓 같기도 하잖아요. 다름이 아니라 예술가도 먹고 살 궁리를 하겠다는 뜻이에요. 예술가의 자본인 아이디어를 유통해 특정 단체나 사람의 지원 없이도 자립할 수 있는 방법을 찾겠다는 거죠."

653예술상회는 젊은 예술가를 지원하고 공동체 예술을 확대하기 위해 '653갤러리'란 이름의 상설 전시관을 만들었다. 신인 예술가나 외국 교류 작가들이 원하면 언제든지 작품을 걸 수 있다. 독일 브레멘에서 활동하는 김은정 판화가 등 현재까지 이곳을 거쳐 간 내·외국 작가들이 20명쯤 된다. 2015년 4월 한 달 동안은 '침묵의 서책들'이란 주제로 미디어아트 김기성 작가가 사진전을 열었다. 책 배면이 보이도록 책꽂이에 책을 뒤집어 꽂고, 그것을 사진으로 찍어 전시했다. 빛바랜 책의 안쪽 면을 통해 책 본연의 의미를 찾아보자는 취지였다. 또 입주작가제도를 마련해 원하는 예술가가 있으면 예술상회에 살면서 작품 활동을 할 수 있도록 했다.

또 이 작가는 수년째 주민 자서전을 써서 이웃들에게 무료로 나눠주고 있다. 인터뷰 대상은 공인중개사와 철물점 사장, 동네 이발사 등 평범한 사람들이다. 그들의 소소한 개인사를 듣고 기록해 공동체의 역사를 복원하는 것이다. 주변이 온통 논밭이었던 70년대에 "마누라 없이는 살아도 장화 없이는 못 산다"고 했다던 주민들의 우스갯소리, 한 살 아래인 열아홉 살 남편과 결혼했지만 한국전쟁으로 생이별을 한 뒤 시동생의 아들을 입양해 키운 두부집 할머니 이야기가 자서전에 담겼다. 또 주당(酒黨) 이발사가 속을 풀기 위해 해장술을 마시고 이발을 하다 손님 귀를 벤 뒤, 죄책감에 일주일 간 이발소 문을 닫았다는 '웃픈' 이야기도 있다.

"처음에는 참 말을 안 해 주더라고요. 특별한 이야기가 없다며 다른 사람을 추천해 주곤 했죠. 그러다 한 분의 사연이 지역 주간지를 통해 알려지면서 주민들의 반응이 굉장히 좋아졌어요. 이제는 주민들이 열성적으로 돕고 있어요. 그들 속에는 감동을 줄 만한 이야기가 있거든요. 전 그들의 이야기를 토대로 골목 지도도 만들고 소식지를 만들어 지역에 나눠 주죠. 여기 있는 한 끝까지 하고 싶은 일이에요."

653예술상회는 국제 교류도 활발하다. 2012년 한국문화예술위원회의 국제 교류 중기기획 프로젝트 공모에 당선돼, 한국 작가 세 명이 독일 뒤셀도르프에 가서 예술상회 홍보를 하고 전시회도 열었다. 태국과 홍콩, 독일 등의 외국 작가들과 협업해 각국에서 회화 작품과 설치 작품을 릴레이로 전시하고 있다. 일본 요코하마 홍등가를 예술 도시로 변모시킨 비영리 단체 코가네쵸에리어 매니지먼트의 대표 야마노 신고(Yamano Shingo)와 항구 도시 요코하마의 오래된 건축물을 전시 공간으로 활용해 요코하마를 디자인 도시로 만들고 있는 뱅크아트1929팀이 다녀가기도 했다. 일주일에 한 번은 한국교통대학교에서 영어를 가르치는 매튜 앤더슨(Mattew Anderson) 씨가 찾아와

내 뜻대로 산다

마을 어린이들과 '어린이 별똥대'라는 이름으로 미술 작업을 했다. 이 작가는 아이들이 도심 재생 사업의 마지막 주제라고 말한다. 사진을 바탕으로 스케치했다.

김기성 작가의 사진전이 열린 모습. 김 작가는 전시에 대해 "마치 종이가 본래 나무로 돌아가려는 듯 나무 빛으로 바래진 책들을 통해 헌책방 주인의 취향과 진솔한 삶의 모습을 돌아보자는 취지였다"고 설명했다.

내·외국인들에게 영어로 그림을 가르친다. 일종의 재능 기부다. 그림을 배우는 학생들은 가끔 모여 바비큐 파티도 하고 셔츠 염색도 하며 논다. 여기서 그린 작품을 653갤러리에 전시한다.

| 노총각 리더가 이끄는 '예술이 숨 쉬는 마을' |

이 작가는 2014년부터 '감투'를 썼다. 청주시 사직2동 11반의 통장이 된 것이다. 통장이 되면 지방자치단체에서 자녀 학자금을 줘 40, 50대 아주머니들의 경쟁이 높지만 아이도 아내도 없는 그에게는 관심 밖의 사항이었다. 그런데 전 통장과 사직동장의 추천을 받아 마을 대표가 됐다. 주민센터 대신 기초생활수급자들의 집을 방문해 정부가 지원하는 쓰레기봉투도 전달하고 현안 사업들을 알린다. 또 장마철에 물이 차는 하수구를 발견하면 마을을 대표해 신고하는 등 민원 해결사 역할도 한다. 가끔은 충청북도 행사에 동원돼 길거리에 나가 태극기를 흔들기도 한다. 이렇게 해서 한 달에 받는 활동비는 24만 원. 예상 밖의 이점도 있다. 통장 직권으로 653예술상회의 축제를 마을 행사 안건으로 올려 추진할 수 있었다. 매년 세 차례씩 음악회나 영화제를 여는데, 이제까지 열린 축제만 열 차례 정도다. 지역 연극인이 사회자로 서기도 하고 음악가들이 행사 중간에 공연을 한다.

나름 소규모지만 지역밀착형 고품격 축제다.

"사직동이 이제 제 작품의 도화지죠. 동네 구석구석을 누비며 느낀 점들을 작품에 가져가려고 구상합니다. 마을 문패만 만들어도 예술가의 손길이 거치면 작품이 되는 거죠. 또 통장이 되니까 예술상회 일을 주민들이 많이 도와줘요. 가령 예전에는 예술상회 축제를 하면 혼자서 다 했는데 이제 주민들이 마을 축제라고 생각하며 돕죠."

이 작가는 젊은 작가들을 이 마을로 유치하고 있다. 이제까지 회화와 공방, 미디어아트를 하는 30, 40대 젊은 예술가 열 명이 작은 공간을 임대해 이주했다. 15평 규모에 한 달 임대비는 약 20만 원 정도. 통장 직함을 이용해 아는 집이면 최대한 깎아 줬다. 이 작가는 이들과 동네 공공 게시판에 회화 그림도 걸어 놓고, 골목 중간 중간에 모던한 디자인의 예술작품을 붙여 놓는다. 또 젊은 예술가에게도 마을 주민센터 일을 하도록 유도한다. 예술과 지역이 이어지도록 하는 것이다. 그때 그는 애마인 용달차로 짐을 나르는 등 마당쇠 역할을 한다.

"예술 사업도 일단 사람이 모여야 하거든요. 작은 시도지만 예술가들을 한데 모으려고요. 작가들이 주민들과 어울리는 것을 아주 좋아하지는 않지만, 그들도 그들의 예술 세계에 집중하고 있다가 나중에 역할이 있을 때 마을이 아름다워지는 데 도움이 되면 좋잖아요. 저는 그것을 묶는 사랑방 주인장 역할을 할 거예요."

2015년 5월 29일.

7

'수묵 누드' 개척한 그녀의
그림 인생

충주시 동량면의 화가 문은희

해방 후 한반도의 정세가 점점 불안해지던 1948년, 가는 눈매의 키 작은 소녀가 서울 흑석동 산꼭대기의 남관미술연구소 문을 두드렸 다. 어떻게든 그림을 배우고 싶다는 마음으로 신문에 난 기사를 보 고 무작정 전차를 타고 시내를 헤매다 도착한 것이다. 한국 추상미술 의 선구자인 남관(南寬, 1913-1990) 선생은 그녀를 보며 허허 웃었다. 그날로 선생의 문하생이 된 소녀는 "남자들과 내외하느라" 하루 종일 석고상만 보며 목이 뻐근해질 때까지 선을 그렸다.

　당시 풍문여고 2학년이었던 소녀의 검고 풍성하던 머릿결은 이제

　　　　　　　　　　　　　　　　　　　　내 뜻대로 산다

듬성한 은발로 변했다. 지겨웠던 생활고, 남편과의 이혼과 사별, 국내 미술계의 무관심 속에서 오직 그림 하나만 붙잡고 버틴 80여 년 세월이었다. 한때 일본과 프랑스 등 해외 평단에서 "색채도 굴곡도 없이, 절대적이랄 만큼 선명하게 붓으로 누드를 표현한다"고 주목받았던 소원(小園) 문은희 화백. 충주호가 내려다보이는 충북 충주시 동량면의 화실에서 "죽을 때까지 그림을 그리겠다"며 여전히 붓을 잡고 있는 그를 어느 11월 겨울에 만났다.

| 마흔까지 펼치지 못한 꿈 |

문 화백은 1931년 경기도 김포에서 4녀 중 둘째로 태어났다. 서울 종로 옛 화신백화점 근처에서 퍼팅장 형태의 골프장을 운영하던 아버지와 명동에서 '브라이드홈'이란 예식장을 운영하던 어머니 밑에서 부유하게 자랐다. 국악과 그림에 일가견이 있던 아버지는 성악을 전공한 두 여동생이 무대에 서는 것은 반대했지만 문 화백이 그림 공부하는 것은 반겼다.

당시 사회 분위기상 딸은 일찍 시집을 가야 했다. 문 화백은 고등학교를 졸업하며 바로 결혼을 했다. 남편은 고 황의철 한양대 교수. 결혼 당시 문 화백은 시댁에 '미술대학에 보내줘야 한다'는 조건을

충주시 동량면 자택에서 노년을 보내는 문은희 화백.

걸었다.

약속은 약속이었다. 문 화백은 만삭인 채로 홍익대학교 미대 입학 시험을 봤다. 주변에서 "두 사람이 시험 보러 왔다"고 놀렸다. 첫 아들 을 낳고 4개월 만에 미대 신입생이 됐다. 아침에 기저귀 빨아 널고 아 기 울음소리를 뒤에 두고 등교했다. 그날그날 친척과 이웃의 도움을 받아 가며 어렵게 학교생활을 했다. 단체로 야외 스케치를 나갈 때면 미대 친구들이 아이를 돌아가며 업어 주기도 했다. 당시 남편은 공군 장교로 복무 중이었고, 대학교 2학년 때는 둘째 아들을 낳았다.

"시댁에서는 결혼했는데 설마 그림을 배울까 했나 봐요. 그런데 난 하고 싶은 건 뭐든 해야 하거든. 친정에서 홍대 근처에 집을 마련해 줘서 애들 키우며 학교를 다녔지요."

문 화백이 대학교 3학년일 때 남편은 미국으로 유학을 떠났다. 문 화백은 생활고에 시달렸다. 혼자 두 아이를 키우고 남편 유학비까지 보내야 했다. 언제까지 친정에 손을 벌릴 수는 없었다. 빚은 눈덩이처럼 불었다. 지물포 가게에 나가 아르바이트로 벽지에 산수화를 그리며 돈을 벌었다.

남편이 8년 만에 유학을 마치고 돌아왔지만 당시 교수 월급 2만 5천 원으로는 생활이 여의치 않았다. 1959년 스물여덟 살의 나이로 홍익대학교 동양학과 최초의 여성 졸업생이 되었으나 그후 10년 동안 그림을 그리지 못했다. 서른아홉 살에 셋째를 낳은 뒤 참고 눌러온 마음이 폭발했다.

"나는 누구인가, 왜 사는가 하는 질문을 끊임없이 했죠. 누구에게 내 재능을 보이기 위해서가 아니었어요. 그냥 그림을 그리고 싶었어요. 그림이 바로 나의 생명이고 삶이었기 때문이죠."

살림살이도 좀 나아진 때였다. 세 아이를 가정부 두 명에게 맡기고 그림에 몰입했다. 10년여의 갈증이 한꺼번에 터져 나왔다. 1백호 (162.2x130.3cm)짜리 그림 20점을 단숨에 그렸다. 대학 시절 '꽃과 영혼의 화가' 천경자와 함께 1만 원권 지폐의 세종대왕 초상을 도안한

운보(雲甫) 김기창에게 배운 내공이 빛을 발하기 시작했다. 산과 들의 풍경, 성난 파도 등을 거침없이 화폭에 담았다. 1975년 신세계미술관에서 첫 개인전을 열었다.

"첫 개인전은 성대하게 진행됐죠. 여러 선생님도 찾아오시고. 부산, 마산 등을 돌며 전국 전람회도 했어요. 당시에 큰 꿈은 없었어요. 나이 마흔 살에 감 하나만 잘 그려 놓고 죽자는 생각을 했죠. 감만 15년을 그렸어요."

| 수묵으로 누드 크로키에 도전하다 |

주부라는 신분은 화가의 길에 족쇄였다. 남편은 그림을 그만두길 원했다. 문 화백은 마흔아홉 살에 이혼했다. 아이들이 다 커서 마음이 덜 무거웠다. 하지만 막상 혼자가 되니 회한이 밀려왔다. 흘려 보낸 세월이 억울했다. 격정적인 감정을 여성의 벗은 몸을 그리며 풀었다. 학생의 마음으로 돌아가 연필과 콩테(목탄과 흑연 등으로 만든 회화 재료), 크레용이 닳도록 연습했다. 모델료가 비싸 혼자 화실에서 옷을 벗고 거울을 보며 그렸다.

"모필(毛筆)은 다양한 질감과 입체감, 운동감을 표현할 수 있어요. 또 먹의 농도에 따라 여성의 머릿결과 목, 엉덩이 등 자연 그 자체인 신체의 아름다움을 그려 낼 수가 있죠. 덧칠해서 그려 내는 서양화와는 격이 달라요."

수묵으로 누드를 그려 내는 일은 그러나 쉽지 않았다. 붓을 들고 약간만 머뭇거려도 화선지에 먹물이 번져 버리기 때문이다. 고도의 집중력이 필요했다. 하루 백 장을 그려도 온전한 한 장을 건지기 힘들었다. 수많은 파지가 나왔다. 하루에 종이 값만 30만 원이 훌쩍 넘기도 했다. '동양화가가 무슨 누드냐'며 비아냥거리는 소리도 들렸다. 의기소침할 때 스승 김기창 화백이 화실로 찾아와 "(수묵 누드는) 나도 못 그린다. (네가) 마티스보다 낫다" "세계 제일이다"며 격려해 주었다.

"세 시간 신들린 듯 붓을 휘두르다 보면 옆에 한지가 수북이 쌓여요. 마음에 드는 그림이 한 장이라도 나오면 저는 그림에 대고 절을 해요. 그 그림은 제가 그린 것이 아니라 주체와 객체, 예술과 현실을 잊은 무아지경에서 저절로 탄생한 거죠."

1987년 문 화백은 조선호텔 화랑에서 국내 최초이자 아마도 세계 최초였을 수묵 누드 크로키 전시회를 열었다. 국내 반응은 시큰둥했다. 그런데 뜻밖에 일본 화단에서 관심을 보였다. 문 화백의 수묵 누드화집을 받아 본 일본 화가이자 동경전(東京展) 회장인 우사미 쇼오고가 일본 4대 미술전인 동경전 참여를 제안한 것이다. 이 전시회에 문 화백은 작품 열두 점을 내걸었고, 이듬해인 1988년 14회 동경전에도 작품을 선보였다. 미술평론가 와시오 도시히코는 문 화백의 그

문은희 화백의 수묵 누드 크로키 작품은 1990년 일본 브리태니커 사전에 실렸다.

림을 칭찬하며 "모필로 그리는 묵의 농담과 윤갈(潤渴)의 선에는 화가
의 기량과 인간성의 모드가 그대로 노출되기 때문에 보신적인 화가
라면 피하고 싶은 일일 것"이라며 일본 미술계를 질타하기도 했다.

　문 화백은 1989년 일본 동경 롯본기 스트라이프 하우스 미술관에
서 개인 기획전을 열었고 아사히 TV에 15분 동안 단독 출연하는 등
일본 대중매체에 크게 소개됐다. 미술 전문 출판사인 이와사키는 한
국 작가로는 유일하게 화집 《누드백태》를 펴냈다. 또 1990년판 일본
브리태니커 국제연감 미술 부문에는 피카소, 칸딘스키와 함께 문 화

　　　　　　　　　　　　　　　　　　　내 뜻대로 산다

백이 세계 작가 5명 중 한 명으로 꼽혔다. 이 시절 일본에서의 일정이 너무 고돼 이가 빠질 정도였다고 문 화백은 회고했다.

"아무도 알아주는 이 없어도 나는 나의 그림을 그리겠다고 생각했죠. 그런데 일본에서의 반응은 매우 적극적이었어요. 먹으로 그리는 누드 크로키는 잡념이 사라져야 잘 그릴 수 있어 그런 흥분은 좋지 않은데, 그래도 8년의 노력 끝에 이뤄 낸 성과였기 때문에 기뻤어요."

문 화백은 1989년 서울 바탕골 미술관에서 화가와 기자들만 모아 놓고 '누드 해프닝'이란 퍼포먼스를 열었다. 여자 모델 세 명과 남자 모델 한 명에게 몸을 꼬는 등 고통스런 자세를 취하게 하고 연속해서 그림을 그렸다. 남자의 몸을 그린 것은 이때가 처음이었다. 마치 신이 내린 듯 힘든 줄 모르고 가로 34미터짜리 누드를 그렸다.

| 삶의 응어리가 모두 풀렸다 |

"아름다움보다는 박진감이 느껴진다." "로댕의 박진감과 마티스의 아라베스크(1931년 누드 작품) 사이를 오가고 있다." 1992년 프랑스 파리의 한국문화원에서 문 화백의 개인전이 열렸을 때 세계 10대 미술지 중 하나인 《오푸스》(OPUS)의 평론가 로제 브이에와 잔 룩 살로메는 문 화백의 작품을 극찬했다. 하지만 국내에선 여전히 문 화백의

∎

충주시로 거주지를 옮긴 뒤 그동안 작품화하지 못했던 그림들을 붙여 콜라주 작업에 열중하는 문은희 화백.

내 뜻대로 산다

작품 세계에 무관심했다.

문 화백은 '죽을 때까지 그림이나 그리자'는 생각으로 1994년 충주시 동량면 충주호 근처로 내려왔다. 괴로울 때마다 법문을 들으러 찾아갔던 불교학자이자 미술평론가 김구산 선생이 당시 그 근방에 살고 있어 내린 결정이었다. 남편도 그때 충주로 내려와 재결합했지만 이듬해 교통사고로 세상을 떠났다. 3년간 다시 붓을 꺾었다. 몇 해 뒤 일본에 살던 둘째 아들이 귀국해 큰 아들과 함께 문 화백 집 가까이에서 문 화백을 돌보고 있다.

"조용한 곳에서 작품 활동만 하고 싶어서 교수 자리도 두 번 내쳤어요. 오로지 그림만 그려도 어렵거든. 여기서 내려다보는 충주호가 너무 아름답기도 하고."

나이 여든을 넘긴 문 화백은 누드 크로키 대신 버려진 종이, 즉 파지를 이용한 작업에 몰두하고 있다. 작품으로 살리지 못한 누드 습작을 뜯어 붙여 콜라주를 만들고, 아예 쓰지 못하는 종이는 짓이겨 종이 인형을 만든다. 주제는 윤회와 관계. 생을 정리한다는 마음으로 작품을 구성하고 있다.

"4·19 혁명을 기리며 종이공예도 했어요. 서울에 있을 때 그 광경을 가까이서 봤잖아요. 시위하던 청년들이 경찰차에 무더기로 끌려가는 모습을 지켜만 봤어요. 항상 미안한 생각이 들었죠. 촛불이라도 켜 놓고 그들을 위해 기도드리려고 만들었어요."

충주에 내려온 후에는 2001년 청주 예술의전당에서 회고전을 한 번 하고 지역에서 전시를 해 본 적이 없다. 전시할 공간이 없어서다. 충주시가 처음에 관심을 보이는가 싶더니 잠깐이었다. 충주 화실에 작은 불이 난 적도 있어 화재로 작품들이 소실될까 늘 걱정이다. 외국에서 팔라는 것도 마다하고 간직한 것들인데 이러다 잃게 되지 않을까 불안하다. 문 화백은 소박한 바람을 털어 놓았다.

"누드를 20여 년 그리다 보니 응어리가 모두 풀린 느낌이에요. 이젠 아무런 삶의 원한도 욕망도 남아 있지 않습니다. 다만 어디선가 지원을 해 준다면 쌓여 있는 그림을 걸어 놓을 만한 미술관을 만들고 싶고, 그림을 나누기 위해 판화 제작도 하고 싶어요."

2013년 11월 24일.

8

쾌락이 있고 예술이 꽃피는
시골 만화방

괴산군 문광면의 탑골만화방 양철모 작가

휘이리릭~ 피리릭~ 싱그러운 산새 소리가 아침잠을 깨웠다. 옷에는
모깃불 향이 짙게 배어 있다. 전날 밤 타닥타닥 희나리 타는 소리를
들으며 새벽까지 술을 마셨다. 젊은 여성이 사랑 고민을 풀어놓으면
중년 남성은 생각의 체로 걸러 고운 지혜를 나눴다. 마당에는 토끼풀
흰 꽃이 달빛에 뽀얗게 빛났고 모깃불은 달빛을 따라 밤하늘로 솟아
올랐다. 충북 괴산군 문광면 신기리의 탑골만화방을 찾아가 주인장
양철모 사진작가와 만화방 손님들과 함께 밤새 놀고 마시며 이야기
를 나눴다.

탑골만화방은 신기리의 탑골마을 어귀에 있다. 가을 은행나무와 새벽 물안개가 아름다운 문광저수지 옆, 열네 가구가 사는 작은 마을이다. 불교가 융성했던 고려 시대, 마을을 감싸는 송주산 아래 사찰이 있었는데 그 안의 탑이 아름다워 사람들이 이곳을 '탑골'이라 불렀다고 한다. 만화방 주인장 양철모 작가는 8부 바지에 조금 늘어진 면 티셔츠 차림이었다. 약간 그을린 피부와 마른 얼굴은 여행자의 모습이었다. 그는 이주노동자를 주제로 서울을 오가며 사진을 찍고, 다양한 문화 단체에서 지역문화 콘텐츠에 대해 컨설팅을 한다.

| 호두나무 심을 시골집 찾아왔다 만화방 열어 |

양 작가는 1998년 프랑스 앙굴렘 국제만화페스티벌에 놀러갔다가 친구의 소개로 독일 동부 브란덴부르크 주의 콧부스라는 마을에 머물렀다. 그 집 선반에는 호두가 양파 자루 가득 들어 있었다. 집주인의 증조할아버지가 심은 아름드리 호두나무에서 수확한 것이었다. 나무와 열매 그리고 가족의 유산! 그 호두 한 알에는 자연이 키운 '우주의 살'이 꽉 차 있었다. 그것에 영감을 받은 양 작가는 귀국하자마자 나무 심을 곳을 찾아다녔다. 그러다 2009년 지인의 소개로 괴산군 연풍면의 한 농가를 얻어 호두나무 한 그루를 심었다.

"독일 가정집의 호두를 보고 내 아이에게 나무를 물려주는 게 좋겠다고 생각했어요. 형제들끼리 나눠 먹을 수 있고 좀 많으면 이웃과 나눌 수 있는 것들이요."

그때부터 일터인 서울과 괴산을 오가는 이른바 '반촌' 생활을 시작했다. 그런데 어떤 서울 사람이 집 앞 진입로를 개인 소유라며 통행을 막았고, 그곳을 문화 공간으로 만들려 했던 양 작가의 계획은 무산되었다. 그는 할 수 없이 괴산군 문광면의 60년 넘은 방 두 칸짜리 허름한 집으로 2012년에 이사를 했다. 그 집이 탑골만화방으로 변신했다.

처음 시골에 왔을 때부터 만화방을 생각한 것은 아니었다. 그저 조그만 텃밭을 가꾸며 시간을 보냈다. 그것도 그만의 독특한 '냅둬유 농법', 그러니까 밭이랑에 비닐을 씌우는 것을 거부하고 그냥 내버려두는 방식으로 경작했다. 화학비료도 없이 찾아오는 손님들의 분뇨를 숙성해 거름으로 썼다. 배추 이파리 뒤에 붙은 자그마한 달팽이도 일일이 손으로 잡아다 들에 방생했다. 그렇게 만든 유기농 배추로 일 년에 한 번 김치를 담가 장독에 묻어 둔다.

그런데 돈을 벌려고 농사를 짓는 것이 아니니 시간이 남았다. '뭔가 좀 더 흥분되는 일이 없을까' 하고 주변의 귀촌한 청년들과 모여 궁리를 했다. 그러다 떠오른 것이 만화방! '누구나 좋아하는 만화를 가져다 두면 사람들이 모이겠지, 문은 항상 열어 놓고 아무나 들러

편안한 차림의 양철모 작가. 뒤에는 외동아들 정윤 군이 땔감을 가지고 놀고 있다.

쉴 수 있는 곳을 만드는 거야.' 양 작가와 친구들 모두 만화광이었다.

"처음에는 10년 이상 걸릴 거라고 생각했어요. 그러다 몇년 전 문화예술진흥원을 통해 시민문화예술교육 거점 공간 조성사업 명목으로 약 3천 만 원의 지원금을 받게 돼 속도가 붙었죠. 작가와 지인들 중에 집수리 기술을 가진 사람들이 있었어요. 시간도 많았죠. 창고 슬레이트를 직접 걷어 내고 용접도 다 했어요."

녹슨 대문을 페인트칠하고 낡은 기둥은 허물고 다시 세웠다. 장판지와 벽지를 뜯어내고 새로 발랐다. 작업은 '건설'이 아닌 '재생'에 초점을 맞췄다. 콘크리트 벽 등 원형을 최대한 살리면서 창틀과 유리창을 부분적으로 고치고 갔다. 건축 자재는 시골 마을에 버려진 것들을 모아 재활용하기도 했다. 책장과 탁자, 의자도 직접 길이를 재고 망치질을 해서 만들었다. 다락방을 포함해 방 네 칸에 마당까지 40평이 조금 넘는 만화방은 이렇게 해서 2013년 말 완공됐다. 겨울만 되면 벽돌 사이 빈틈으로 찬바람이 들어오지만 친구들과 조금씩 보수해 가며 사용하고 있다.

"솔직히 건물을 다 부수고 새로 짓는 것보다 고쳐 쓰는 게 더 손이 많이 가요. 그래도 재생이 더 생태적이라고 생각하거든요. 겨울에도 춥지만 더 운치 있고요. 함께 가까이 앉아 난로를 피우죠. 고구마도 구워 먹고요. 불편해도 즐겁습니다."

만화방의 탄생 소식이 알려지자 한 번도 본 적 없는 문화행정 관련 대학 교수가 만화책을 보내 주기도 했다. 현재 탑골만화방에는《아톰》과《드래곤볼》등 잘 알려진 일본 만화부터 중국과 이슬람권 만화 등 번역·출간된 각국 만화책들이 가득하다. 만화가 주호민의《신과 함께》, 양꼬의《삼십살》등 국내 웹툰 만화책들도 꽤 있다.《행복한 시간》《언제나 꿈은》처럼 제목과 달리 책 표지부터 수위가 높은 '19금' 일본 만화는 아이들 손이 잘 안 닿는 곳에 진열했다.

"시골에 머물다가 내린 결론이 마을에도 쾌락이 있어야 한다는 거였어요. 혈연 중심 씨족 마을에는 그런 곳이 없잖아요. 젊은 사람들이 모이고 살갑게 놀 수 있는 공간요. 그래야 마을에 생기가 돌죠."

| 서울에선 이주노동자와 연대한 예술 활동 |

양철모 작가는 일 년의 반을 괴산에서 보내고 나머지 반은 서울에서 작품 활동을 한다. 아내 조지은 작가와 서울 홍대 거리에 있는 스튜디오에서 비빔밥이라는 뜻의 '믹스라이스(mixrice) 예술그룹 활동을 하고 있다. 동남아 국가에서 이주해 온 외국인 노동자의 눈을 통해 한국 사회의 부조리를 드러내는 것이 작품 활동의 주요 주제다. 부부는 이주노동자들에게 직접 영상 촬영 기술을 가르치고 연극을 지도했다. 이 활동들을 사진으로 찍어 작품전에 내걸고 전시회장에 연극 무대를 열었다. 몰랐던 사실도 깨달았다. 먼저 온 이주노동자가 나중에 온 동료들을 차별하는 것. 그들 사이에도 차별이 있었다. 그러나 무엇보다 그들의 렌즈를 통해 우리 사회의 뿌리 깊은 혈통주의, 가부장적 편견을 되돌아보게 되었다. 믹스라이스는 작가라면 한 번쯤 꿈꾸는 국립현대미술관이 선정하는 '올해의작가상 2016'에 최종 후보로 선정됐다.

양 작가는 또 자신이 속한 공공미술삼거리팀과 함께 인천 마석 가구단지에서 이주노동자들을 위한 음악 축제인 마석동네페스티벌

▌

2012년에 열린 제1회 마석동네페스티벌. 인디밴드 제8극장의 공연에 흥이 난 관객이 무대에 올라 함께 노래하고 있다.

▌

완성된 탑골만화방의 모습. 곳곳에서 보내온 만화책들이 깔끔하게 정리돼 있다. 아이들이 시골 친척집에 왔다가 이곳에 들러 만화책을 빌려 보곤 한다.

(MDF)을 열었다. 지난 2012년 첫 행사에는 가수 강산에와 인디밴드 술탄오브더디스코 등이 무대에 섰다. 영화 〈완득이〉에서 이주 여성과 혼혈아, 장애인들이 함께 옥탑방에서 춤추는 모습처럼 낯설면서 감동적인 장면을 연출했다. 실제 나는 이주노동자와 한국인들이 어울려 춤추는 모습을 처음 봤다. 문화적 충격, 아니 사람들이 어울려 사는 자연스러운 모습을 보고 충격을 받는 나를 보고 놀랐다.

"우리는 보통 이주노동자들을 사건 사고 등의 선정적인 보도를 통해 만나잖아요. 거기서 그들은 어눌하게 한국말을 하며 매를 맞거나 한국 생활에 적응하지 못하는 캐릭터로 그려져요. 우리가 주목한 점은 이런 휴머니즘적 시선을 극복하는 거예요. 동정 어린 시선은 문제를 단순화시키거나 대리 체험의 차원으로 변질시키기 때문이죠. (이주노동자들과) 수평적으로 대화함으로써 여러 아시아 국가들의 문화를 알 수 있고 무엇보다 그들의 눈으로 우리 사회의 민낯을 들여다볼 수 있죠."

이런 활동들은 '돈이 생기지 않는' 일이다. 그래서 그는 생계를 위해 상업 사진 촬영을 한다. 어린이 잡지 《고래가 그랬어》에 들어가는 사진을 찍고, 선거 홍보용 사진도 의뢰받아 촬영한다. 또 전국 문화단체들을 다니며 공공 미술과 문화 이주에 관한 강의를 한다.

| 개인 소유지만 공동의 통제를 받는 문화 공간 |

양 작가는 탑골만화방이 인근 지역으로 문화 운동을 확산시키는 거점이 되기를 희망한다. 그래서 다양한 놀이거리를 기획해 사람을 모으고, 서로가 서로에게 배우는 '상호 학습'의 기회도 적극적으로 만든다. 매달 마지막 주 토요일에는 '탑골다방'을 열어 손님들과 직접 원두를 볶고 커피를 만들어 마시며 일상사부터 사회적 이슈에 이르기까지 폭넓게 이야기를 나눈다. 대기업 사원, 협동조합 활동가, 귀농한 청년 등 서울·대구·부산·경남 등 각지에서 사람들이 모인다.

또 작은 영화제를 열어 독립영화를 보고, 하와이 기타인 우쿨렐레를 배우는 소모임을 연다. 상호 학습은 만화방 손님들이 각각 자기 분야의 강사가 되는 것인데, 첫 세미나에서는 괴산으로 귀농한 비폭력대화 전문가 강현주 씨가 '평화 소통'을 주제로 강의했다. 2015년에는 충북문화재단의 지원으로 지역 주민들이 강사로 나서 글쓰기, 옷 만들기, 양초 만들기 수업을 진행했다.

초창기에는 일 년에 두 번 만화 세미나도 열었다. 대안 만화 출판사인 새만화책의 김대중 대표가 '만화, 더듬더듬 만지작'이란 제목으로 여름 강의를 맡았다. 또 겨울에는 만화가 지망생을 위해 일본 언더그라운드 만화지 《악스》의 편집장 아사카와 요시히로가 방문해 일본 대안 만화의 역사를 강의했다. 탑골만화방 세미나에서 처음 만화를 배운 한 미술 작가는 만화책 출간을 준비하고 있다.

만화방에 모인 사람들은 함께 밥을 짓고 설거지를 하고 청소를 한다. '사다리 타기' 게임을 통해 담당자를 정하거나 자발적인 분업을 통해 각자의 몫을 나눈다. 주말 농장을 하는 손님의 텃밭에 가 일손을 돕고 음식을 얻기도 한다. 다른 이들이 호미와 낫을 들고 일하는 동안 누구는 우쿨렐레를 치며 흥을 돋는 역할을 한다. 캐나다 정치 철학자 제럴드 앨런 코헨(Gerald Allan Cohen)이 그의 저서《이 세상이 백 명이 놀러 온 캠핑장이라면》(Why not socialism?)에서 말한 것처럼 탑골만화방은 개인 소유지만 자발성을 바탕으로 공동의 통제를 받는다.

지역 농가와 더불어 여러 사업도 한다. 만화가를 농가와 연결해 농산물 소개 전단지를 만화 형식으로 만든 것이 대표적인 예다. 국산 깨 가공 영농조합인 괴산군 '깨가 쏟아지는 마을'에 여성 미술 작가 김유인 씨를 소개해 참기름 전단지를 만들었다. 양 작가의 아내인 조지은 작가는 괴산 주민의 두부 판매를 돕기 위해 두부 포장지 스티커를 만들었다. 작가들은 작업의 대가를 현물로 받는다. 김 작가는 옥수수를, 조 작가는 따끈한 손두부를 받았다.

"시골이 문화 소외 지역이라고들 해요. 그런데 제 생각에 삶의 문화는 시골이 더 풍부해요. 씨앗을 뿌리고 열매를 수확하고 또 축제를 하고요. 도시에서 문화가 풍부하다는 것은 돈을 주고 소유할 수

내 뜻대로 산다

있는 것들, 가령 영화를 보거나 세련된 갤러리에 다니는 일들이 많다는 거죠. 자신의 직접적인 삶과 개별화돼 있죠. 하지만 시골에는 공동체 문화뿐만 아니라 자연과 직접 교감할 수 있는 문화가 널려 있어요."

한여름 다시 찾아간 탑골만화방에는 어른 허리 높이였던 옥수수가 2미터 넘게 훌쩍 자라 있었다. 태양의 구슬처럼 눈부셨던 붉은 앵두는 소주에 담겨져 만화방 한 구석에서 익어 가고 있었다. "쾌락이 있고 예술이 꽃피는 시골 마을을 만들겠다"는 주인장의 꿈도 변두리 시골에서 그렇게 익어 가고 있다.

2014년 5월 11일.

9

예쁜 꽃밭 그리려고
한갓진 농촌에 살아요

충주시 엄정면에 사는 그림책 작가 정승각

봄에 태어난 아이 춘희. 춘희는 엄마가 덮어 준 이불 아래 누워 지낸다. 유리가루처럼 반짝이는 아침 햇살과 바닷바람에 흔들리는 왕버들을 창 너머 올려다본다. 아빠는 일본 군수공장으로 끌려간 뒤 소식이 끊겼다. 엄마가 실종된 아빠를 찾아 일본으로 건너왔지만, 히로시마에 원자폭탄이 터졌다. 1945년 8월이다.

그때 춘희는 엄마 뱃속에 있었다. 세상은 하얗게 불타 검게 바스러졌다고 한다. 춘희는 그 땅에 구겨진 몸으로 태어났다. 재일조선인 원자폭탄 피해자의 아픔을 담은 그림동화책 《춘희는 아기란다》가 2016

내 뜻대로 산다

년 4월에 출간됐다. 이 책의 그림을 그린 정승각 작가를 충주시 엄정면 작업실에서 만났다. 정 작가는 어렵게 그린 신작 동화책을 나긋나긋 읽어 주며 책에 얽힌 이야기를 들려주었다.

| 고통과 상처를 표현하기 위해 애쓴 시간들 |

1980년대 일본 오카야마 현 바닷가의 한 작은 어촌 마을. 연녹색 이파리들이 일제히 나무껍질을 뚫고 나오는 4월, 일본 소녀 유미가 이사를 왔다. 유미는 재일조선인 할머니의 집을 지나 학교에 간다. 할머니는 동요를 흥얼거렸다. "나의 살던 고향은 꽃 피는 산골…" 할머니의 노랫가락에 따라 유미는 피리를 불었다. 둘은 자연스럽게 친구가 되고, 이들의 교감을 통해 재일조선인 원폭 피해자의 아픔이 서서히 드러난다. 이야기는 마흔이 넘어서도 아직 할머니의 '아기'인 춘희의 시선을 따라 펼쳐진다.

이 그림책의 원작은 재일조선인 1세 고 변기자(1940-2012) 작가가 쓴 《춘희라는 이름의 아기》다. 변 작가는 히로시마 원자폭탄 피해자들이 많이 살았던 오카야마에서 태어나 피해자들을 목격하며 성장했다. 그 체험이 동화의 바탕이다. 원작은 1990년 출판된 후 '제6회 닛산 동화와 그림책 그랑프리' 공모전에서 동화 부문 우수상을 받왔다.

변기자 작가는 아동문학가 권정생(1937-2007)이 쓴 《몽실언니》를 일본어로 번역하는 등 다수의 국내 동화책을 일본에 소개했다. 만화영화로도 제작된 동화 《마당을 나온 암탉》을 번역할 때는 주인공 이름 '잎싹'을 일본식 이름으로 표기하지 않았다고 일본 우익 언론의 뭇매를 맞기도 했다. 《춘희라는 이름의 아기》도 일본에서는 '문제작'으로 분류됐다. 원폭 피해라는 숨기고 싶은 과거사와 소수인 재일조선인 문제를 다뤘기 때문이다. 정승각 작가는 지난 2000년 일본에 그림책 원화를 전시하러 갔다가 변 작가를 알게 되었다.

"10여 년 전만 해도 변기자 선생님은 (우리나라에) 입국조차 허락되지 않았어요. 김대중 정부 때, 한 출판사 초청으로 들어왔지만 이명박 정부 때는 재일본대한민국민단에 가입돼 있지 않아 국적이 불분명하다는 이유로 입국이 불허됐죠. 그림책 작업이 길어지니까 변 선생이 '무덤에 그림책 갖다 놓지 말라'고 하셨는데, 그만 그리되고 말았어요. 선생님 모신 절에 가서 책을 바치고 용서를 빌어야 돼요."

이 책은 아시아 평화를 위해 기획된 '한·중·일 공동 기획 평화그림책 시리즈'의 일환으로 한국·중국·일본의 그림책 작가 열두 명이 차례로 각각 한 권씩 만들었다. 정 작가는 원폭 피해로 주제를 정하고서 8년 만에 결실을 맺었다. 후원 단체가 없어 그동안 사비를 털어서 동화의 배경인 일본 오카야마와 후쿠시마 현지를 오갔다. 먼저 인터넷을 검색해 각종 사진을 보고 1980년대의 모습이 가장 잘 보존돼 있는 마을을 찾았다. 그리고 비상시에 도움을 줄 만한 재일동포를 섭외했다. 현장에서는 일어사전과 오래된 자전거 한 대에 의지해 눈짓과 손짓을 동원하며 소통했다. 그래도 부족하면 쪽지에 간단한 한자를 써서 의사표현을 했다.

사실감을 살리기 위해 지나치다 싶을 만큼 꼼꼼하게 취재했다. 일본 할머니의 방을 표현하기 위해 현지의 할머니 방을 수소문해 구조

정승각 작가가 일본 현지에서 스케치한 그림을 배경으로 취재하며 겪었던 이야기를 설명하고 있다.

와 가구의 모양, 냄새까지 잡아내 기록했다. 일본 소녀의 얼굴형과 책가방까지 원형을 찾아내 그렸다. 동화책의 주된 배경인 일본 어촌의 빨래 너는 모습을 고증하기 위해 옛 모습이 남아 있는 동네를 찾아가고 사료를 들췄다. 우리나라 사람들이 두 기둥에 긴 줄을 동여매 빨래를 넌다면, 일본에선 끝이 와이(Y) 자 모양으로 갈라진 두 기둥에 긴 봉을 얹어 빨래를 널었다. 바닷바람에 쓰러지지 않도록 고안한 구조라고 한다.

"일본을 여러 번 방문했어요. 한 번은 사진만 찍었고, 또 한 번은 현장에서 바로 스케치를 했어요. 사진을 보고 그림을 그리는 거랑 현장에서 바로 스케치하는 거랑 느낌이 다르거든요. 또 아기 기저귀도 일본 거랑 우리나라 거랑 달라요. 일본 기저귀가 이중으로 돼 있다면 우리나라 것은 한 면이 길게 돼 있는 구조죠. 사실감을 살리기 위해 모두 조사했어요."

정 작가가 맞닥뜨린 가장 큰 벽은 "고통을 표현하는 것"이었다. 원폭 피해라는 상상할 수 없는 육체적 고통과 재일조선인이라는 심리적 상처, 또 여성과 아이가 감내해야 할 사회구조적인 슬픔을 가늠하기 어려웠다. 원폭 피해 2세를 여러 차례 만나 인터뷰했지만, 50대 한국인 남성이 그 고통을 온전히 이해하는 데는 한계가 있었다.

붓으로 물감을 찍어 구체적인 장면을 그리려니 고통을 아는 척하는 듯 보였고, 흰색 천으로 그림을 덮어 뿌옇게 표현하려니 감정이 폭발하는 격정적인 상황을 나타내기 힘들었다. 그래서 선택한 것이 중국집 나무젓가락이었다. 젓가락 한쪽을 뜯어 물에 갠 숯가루를 찍어 쓱쓱 그렸다. 무심하게.

"아무리 공부를 하고 책을 살펴본들 제가 어떻게 그분들의 아픔을 다 이해하겠어요. 물감 재료며 종이 종류도 바꿔 봤는데 도대체 표현이 안 되는 거예요. 그러다 마음을 내려놓고 나무젓가락을 들어 봤죠. 물에 갠 숯가루를 찍어 그려 봤는데, 딱 제 마음 같았어요. 의도하지 않은 형태의 선들, 모두 다 이해할 순 없지만 느껴지는 어렴풋한 아픔의 이미지들이요."

| 강아지똥이 돼야 강아지똥을 그릴 수 있다 |

정승각 작가는 충주에서 문 닫은 시골 교회 예배당과 독립된 안채 건물을 작업실로 쓴다. 두 곳 모두 습작들로 가득하다. 이리저리 끼적인 한지 뭉텅이, 점토 조각, 각종 그림 액자들로 발 디딜 틈이 없다. 기자와 처음 만났을 때도 《춘희는 아기란다》 작업을 하고 있었으니 일 년 동안 셀 수 없는 실패를 했을 테다. 그러면서도 작가는 그림은 "만지듯 꼬작꼬작하게" 그려야 한다고 힘주어 말한다.

"동화 원작을 읽을 때도 각개전투 하듯 읽어야 해요. 아주 낮은 자

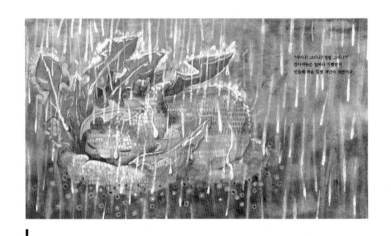

그림책 《강아지똥》의 대표 장면이다. 비 내리는 날 강아지똥이 민들레를 끌어안고 스스로 거름이 된다. 민들레꽃이 핀다.

내 뜻대로 산다

세로 박박 기듯이 책을 읽어야 원작자의 의도를 살릴 수 있죠. 문자 전에 그림이 탄생했으니, 거꾸로 활자를 보고서 그림을 그리는 게 보통 어려운 게 아니에요. 그래서 저는 그림 그리는 시간보다 어떻게 그려야 하나 고민하는 시간이 더 많아요."

그의 대표작 《강아지똥》(글 권정생, 그림 정승각)은 그림책 작가들 사이에서 전설로 회자된다. 쓸모없이 내버려진 개똥이 봄비에 노그라지며 민들레꽃을 피워 내는 줄거리다. 정 작가는 그 개똥을 표현하기 위해 고행을 자처했다. 강아지가 똥 누는 장면을 그리기 위해 며칠 동안 집 주인의 강아지 흰둥이가 쭈그려 앉아 똥 누는 모습을 관찰하며 스케치했다. 점토로 개똥 모양을 빚어 연탄불에 구운 뒤 여러 각도에서 그려 보기도 했다. 비 맞는 강아지똥을 그리기 위해 직접 비를 맞았다. 그는 "강아지똥이 돼야 강아지똥을 그릴 수 있다"고 설명한다.

"일반적으로 비를 그리려고 할 때 기술적으로 물감을 흘려 볼까 아니면 뿌려 볼까 고민하거든요. 그런데 저는 그냥 비를 맞아요. 강아지똥이 골목길에서 비를 만나는 것처럼 말이에요. 비를 맞으면 춥고 외로워요. 그러면 물감에서도 스멀스멀 푸른 빛깔이 올라와요. 내가 일부러 만들지 않아도 저절로 색감이 올라오는 거죠. 직관이에요."

1996년에 출간돼 동화책에서는 고전으로 통하는 《강아지똥》은 2011년에 이미 100만 부를 돌파한 스테디셀러다. 일본과 중국, 스위스, 폴란드 등 7개국에 수출도 했고, 이 책을 바탕으로 어린이를 위한 연극과 동요 등 다양한 문화 작품들이 만들어졌다.

| 그림책 작가로 걸어온 길 |

정 작가가 동화책에 눈을 뜬 건 1980년대 대학 시절로, 지인의 부탁으로 경기도 광명시 하안동의 수해 지역 아이들과 벽화를 그리면서부터다. 당시 그 동네는 개천보다 지대가 낮아 장마 때면 으레 수해를 입었다. 작가는 미술학원을 하는 선배에게 쓰다 남은 몽당 크레파스를 얻어 와 아이들에게 그림 수업을 열었다. 그런데 아이들은 정 작가의 지도 없이도 거침없이 그림을 그렸다. 원근법에 구애받지 않고 느낀 그대로 그렸다. 작가는 "아이들의 그림을 보고 망치로 맞은 듯 충격을 받았다"고 말한다.

"아이들이 흙바닥에 앉아 수해복구용 스티로폼에 종이를 올려 두고 그림을 그리더라고요. 크레파스를 갖고 천둥 치고 비가 내리는 장면을 막 그려 내는 거예요. 이건 누가 봐도 물난리가 난 현장이에요. 가르칠 필요가 없었죠. 전 너무 충격적이었어요. 나는 석고상을 그려서 겨우 미대에 들어갔는데, 아이들은 '으악' 하고 토해 내듯 그리더라고요."

내 뜻대로 산다

작가는 아이들이 그린 그림에서 받은 충격과 순수미술의 경제적 한계를 고려해 그림책 작가로 진로를 정했다. 그리고 출판사를 찾아다녔다. 1988년, 한 출판사의 공모전에 처음 당선돼 아동문학가 권정생의 시집 《어머니 사시는 그 나라에는》의 삽화를 그렸는데, 우여곡절 끝에 8년 만에야 책이 나왔다.

그뒤 권정생 선생의 원고를 받아 동화그림책 《오소리네 집 꽃밭》과 《황소아저씨》 등을 그렸다. 다른 작가들은 권 선생의 원고조차 받기 어려웠지만, 오랜 인연을 맺은 권 선생은 정 작가에게 자신의 원작을 직접 동화 문장으로 고쳐서까지 원고를 만들어 주었다. 이 외에도 정 작가는 바보처럼 웃지만 일본 경찰에게 물러서지 않는 할아버지 이야기 《벌렁코 할아버지》와 동학농민운동을 그린 《새야 새야 녹두새야》 등 10여 권의 단행본을 그렸다.

《웅진아이큐》 《어린이와 책》 등 각종 어린이 잡지에도 그림을 그렸고, 1993년에는 글과 그림을 모두 맡아서 우리나라 설화 '불개 이야기'와 동서남북 방위를 수호하는 '사신(四神)의 이야기'를 재해석한 《까막나라에서 온 삽사리》를 출간했다. 이 책은 2009년 초등학교 2학년 읽기 교과서에도 실렸다. 당시 그림을 본 도올 김용옥 선생은 "30년 전에 나왔어야 할 작품"이라고 높이 평가했다.

"그림책 작가 수명이 평균 5년이에요. 한번 유행을 타면 서점에 무섭게 깔리지만 5년쯤 지나면 뭘 해도 진부한 것으로 취급받아 시장에서 사라지죠. 늘 새로운 기술을 배우고 터득해야 해요."

그는 초창기에 목판화와 어울리는 색을 찾기 위해 조선시대 민화를 공부했고, 동양화의 필치를 살리는데 도움이 될 것 같아 민요를 배웠다. 외양간 황소와 생쥐들의 우정을 그린 《황소 아저씨》를 그릴 때는 점토로 그림판에 돋을새김 부조를 뜨고 모시로 풀칠을 해 그림을 그렸다. 까슬까슬한 질감이 만져질 듯하다. 《까막나라에서 온 삽사리》를 그릴 때는 고구려 벽화 속 사신의 압도적인 느낌을 표현하기 위해 탱화를 그리는 스님을 찾아가 비법을 전수받아 황(黃)·청(靑)·백(白)·적(赤)·흑(黑) 등 우리 전통 오방색과 금박가루를 아교풀에 갠 금니(金泥)로 그림을 그렸다.

"서양화 데생 기술이 좋다고 우리나라 외양간이나 농촌을 제대로 표현할 수 있는 건 아니에요. 전통 색과 전통 음악의 가락을 알아야 우리 것을 그릴 수 있죠. 선을 그리는 건 이성적으로 그리는 게 아니라 몸으로 그리는 거거든요. 그래서 저는 민요도 배우고 장구도 치고 노래극도 해요. 그래야 우리만의 선이 나와요."

아이들 책은 문장도 다르게 써야 한다. 이성복 시인의 말처럼 "그냥 배가 아프다고 하지 말고 '우리하다'든지 '콕콕 찌른다'든지 듣는 사람이 좀 더 느낄 수 있도록 써야 한다." 이 때문에 정 작가는 글 쓰는 작가가 원작의 문장을 그림책 문장으로 수정할 때 적극 관여하는 편이다. 예를 들어 구급차 소리를 어른들은 '삐뽀삐뽀'라고 표현하지만 《춘희는 아기란다》에서는 번역가 박종진 씨와 의논해 "위용… 웨용… 위용… 웨용"으로 썼다. 형용사 하나 상투적으로 따라 쓰지 않는다.

"아롱다롱 표현하는 동심 천사주의가 동화책을 망쳐요. 학습된 언어가 아니라 아이들이 처음 느낀 그대로 쓰도록 해야 해요. 아이들은 그림과 문자를 접할 때 단순히 읽는 것이 아니라 만져 보고 냄새 맡아 보며 오감을 동원해 책을 느끼거든요."

| 꽃과 새를 그리기 위해 농촌에 산다 |

경기도 성남에 살던 정 작가는 1997년에 동시 쓰는 아내와 두 아들을 데리고 충주시로 귀촌했다. 당시 외환위기의 여파로 경제적으로 어려웠던 이유도 있지만 가장 큰 이유는 그림에 도움이 될 것 같아서였다. 잠시 그림을 그리려고 충주 외가에 왔다가 눌러 앉았다. 그때 탄생한 그림책이 《오소리네 집 꽃밭》.

"예쁜 농촌 꽃밭을 그리려고 한갓진 농촌에 왔어요. 그런데 제가 상상하던 꽃밭의 모습이 아니었어요. 꽃들은 우거진 풀들에 숨어 있었고 꽃송이는 생각보다 자그마했죠. 도감 속 들꽃과 현실 속 꽃의 모습은 달랐어요. 꽃과 새를 그리려면 농촌에서 살아야겠구나 생각

정승각 작가의 작업실. 한 작품을 완성하기 위해 겪은 시행착오들이 고스란히 남아 있다.

내 뜻대로 산다

하고 귀촌했어요. 도시 생활로 누적돼 있던 빚에서도 해방됐죠."

작가는 오랫동안 어린이 문화운동을 하고 있다. 아이들과 도심 골목길에 벽화를 그리고 다양한 미술교육법을 개발해 아이들과 그림놀이를 한다. 전문 학위는 없지만 사단법인 공동육아연구원의 전문위원으로 활동하며 어린이집 교사들과 놀이 프로그램을 개발하고 있다. 또 서울과 부산, 충주 등의 각지 도서관을 돌며 교사와 학부모, 아이들에게 동화책과 어린이 교육법에 대해 강의를 한다.

"아이들은 그림이 보드라우면 책을 만져 보거나 볼에 갖다 대요. 코를 킁킁대며 냄새를 맡기도 하고요. 모든 감각을 동원해 느끼려고 하죠. 아이들과 함께하다 보면 아이들이 어떻게 느끼는지 알게 되고 제 표현력도 올라가요."

정 작가는 사연 많은 그림책을 하나하나 읽어 주며 마주 앉아 있던 내게 계속 책을 건넸다. 수다스러운 인터뷰가 끝날 때쯤 책은 내 허벅지 위에서 가슴 높이까지 쌓였다.

2016년 5월 1일.

10

주류 전통음악에서 뛰쳐나온
소리계의 펑크 로커

충주시 신니면의 경서도소리꾼 권재은

충청북도 충주시 신니면 부용사 자락의 호젓한 산골, 주인 모를 납
골당 아래 빨간색 벽돌집이 교교하게 서 있다. 주황색 불빛을 가득
품은 창은 온통 깜깜한 산골에 둥실 뜬 달처럼 보인다. 집 안으로 들
어가니 30평 남짓한 실내에 책 더미가 첩첩히 쌓였고, 찻그릇과 유화
도 널렸다. 그 공간 사이로 재즈 음악이 흘렀다. 마른 뺨에 이마가 도
드라진 얼굴, 뒤로 묶은 꽁지머리의 경서도 소리꾼 권재은이 거기 앉
아 있었다.

"소리가 별 것 있나요. 누구도 흉내 내지 않고 내 안의 이야기를 진

내 뜻대로 산다

솔하게 말하는 거죠."

| 판소리가 소설이라면 경서도소리는 시 |

경서도소리는 서울과 경기, 충청 일부 지역에서 부르는 경기민요와 평안도, 황해도 중심의 서도민요를 묶어 일컫는 말이다. 판소리 등 남도소리는 뱃속에서 시작해 목과 가슴을 울리는 탁성이지만, 경서도소리는 비성(鼻聲)과 두성(頭聲)을 쓰는 날 서고 강한 소리다. 판소리가 일고여덟 시간 눅진하게 뽑는다면 경서도소리는 오륙 분 동안 짧게 부른다. 그래서 경서도소리꾼은 남도소리를 하지 않고 남도소리꾼은 경서도소리를 하지 않는다. 텔레비전의 여러 예능 프로그램과 광고에 나와 '국악 아이돌'이라 불리는 송소희 씨가 경서도소리 전공이다.

"판소리가 소설이라면 경서도소리는 시예요. 기교도 많죠. 사설(소리와 소리 사이 줄거리를 설명하는 부분)도 달라요. 판소리는 '춘향이가 오는디'라고 전라도 말을 쓰지만 경서도 소리는 서울말을 주로 쓰죠."

판소리가 2003년 유네스코 세계무형문화유산으로 지정돼 세계의 주목을 받은 반면, 경서도소리는 상대적으로 빛을 못 봤고 입문서 하나 찾기 어려운 형편이다. 그래도 고집스레 경서도소리를 하는 권

충주시 신니면 소리마을에서 혼자 지내는 권재은. 소박한 옷차림과 뒤로 묶은 꽁지머리에서
자유로움과 함께 고집이 묻어 나온다.

재은에 대해 전통음악 전문가 양정환은 "거친 듯 섬세한 소리는 화장
기 없는 맨얼굴의 음악"이라며 "공력이 있다"고 평했다.

　권재은 소리꾼은 1958년 충주의 한 과수원집 아들로 태어났다. 들
녘에 울려 퍼지는 농요(농사일하며 부르는 노래)를 음반처럼 들었다. 열
두 살 때 경로당 할아버지가 읊는 시조를 배웠고 학교에선 풍금도 곧
잘 쳤다. 그런데 갈수록 건반보다는 시조와 꽹과리에 빠져들었다. 등
굣길 김매는 소리에 정신이 팔려 학교도 거르기 일쑤였다.

　"그냥 좋았어요. 그 당시만 해도 농요나 상여소리(상여를 운반하며 부

르는 노동요)가 남아 있었거든요. 그런 생활 속의 음악이 좋아 따라다녔어요."

금 세공사였던 아버지의 영향을 받은 황금빛 색채의 화가 구스타프 클림트(Gustav Klimt)처럼 권재은도 아버지의 영향을 받았다.

"요즘 말로 전통음악 애호가셨어요. 아버지는 가설무대나 약장수의 무대가 있으면 어머니하고 구경을 가셨죠. 그때 나는 걷고 동생들은 어머니가 들쳐 업고 말이죠. 그때마다 아버지는 평론을 하시는 거예요. 누구 소리는 어떻고 누구 소리는 어떻다고요."

그런데 막상 아버지는 아들이 음악을 하겠다고 하자 격렬히 반대했다. 아들이 열예닐곱 살 무렵 집에서 기르던 소를 팔아 몰래 상경했다. 요즘으로 따지면 일 년치 대학 등록금쯤 되는 돈을 챙겨 들고 나온 것이다. 그가 처음 찾아간 곳은 서울 종로에 있던 청구고전학원이었다. 그곳에서 무형문화재 벽파 이창배 선생에게 경서도소리를 사사했다.

스물두 살에 한국방송공사(KBS) 민요백일장에서 최연소 연말 장원, 이듬해 전국 민요경창대회에서 최우수상을 받았다. 잇따른 수상으로 '명창'이란 수식어를 달고 다니게 됐다. 이후 '권재은 소리던 만화방창' 등 크고 작은 발표회와 각종 행사에서의 공연, 두 장의 음반 발표 등 음악 인생을 이어 왔다. 그러나 계보가 중요한 소리계에서 권재은은 스승에게 배우는 길을 오래 가지 않았다.

"선생님들에게 배운 시간은 전부 모아도 3년이 안 돼요. 한 선생님 께 소리를 꾸준히 배우면 한 색깔인데, 여러 스승에게 배우면 나중에 색동저고리처럼 부분적으로 표시가 나거든요. 난 누구 밑에 들어가서 배우는 대신 나만의 소리를 찾고 싶었어요. 그래서 떠돌아다니며 민요 채록을 했어요."

| 암울했던 시대, 광장을 누비다 |

권재은 소리꾼은 민요대회에서 수상한 뒤 스물네 살부터 집회 현장을 찾아다녔다. 1989년에는 전국교직원노동조합 지지 자선공연 '송아지 송아지 누렁 송아지'를 건국대 충주 캠퍼스에서 시작해 전국 28개 대학을 순회 공연했다. 가수 정태춘과는 〈통일비나리〉라는 노래를 만들어 불렀는데, 기존 비나리(재앙과 액을 멀리 물리치고자 하는 굿소리) 선율에 창작한 사설을 얹었다. "이 구석에서 퇴폐살, 저 구녕엔 향락살, 이 마당에 사대살, 저 바닥에 종속살…" 시쳇말로 '라임'(rhyme, 운율)이 딱딱 맞는 공연이었다. 한국민족예술단체총연합 (민예총) 기금 마련을 위한 공연도 했고, 민예총 충주 초대 지부장도 맡았다.

"자연스러웠어요. 전두환 정권 시절이었으니까. 음악 하는 사람들

하고 문학 하는 사람들, 종교인들이 자주 만나잖아요. 지학순 주교와 '한살림'을 만든 무위당 장일순 선생도 뵀으니까요. 나는 음악 하는 사람이니까 꽹과리를 들고 나서게 되고. 그 당시에는 춥고 배고픈 사람들 귀라도 즐겁게 해 주자는 생각을 했어요. 나중에는 전담 경찰관도 생기더군요."

그에게 가장 큰 영향을 끼친 인물은 〈농무〉의 시인 신경림이다. 신경림은 자신의 책 《사람 사는 이야기》에서 권재은 소리꾼에 대해 이렇게 말했다. "그가 꽹과리를 치고 나서면 망설이던 지역민들이 따라 나서서 절로 데모가 형성되고는 했다." 권재은 소리꾼이 1994년 이후 충주에 정착한 것도 이 지역 출신인 신경림 시인이 권했기 때문이라고 한다.

권재은 소리꾼의 인생은 평탄하지 않았다. 소리를 시작하고 계속 힘들었다. 가난한 집안 출신은 아니었지만 경제적 지원 없이 집을 나온 뒤 중국집과 일식집 종업원, 구두닦이 등 안 해 본 일이 없다. 징이나 꽹과리 깨진 것을 팔아 차비로 쓰기도 했다. 경제적으로 계속 어렵다 보니 결혼생활도 금이 갔다. "이혼의 후유증이 십 년을 가더라"고 권재은 소리꾼은 씁쓸하게 말했다. 전처와의 사이에서 난 두 딸은 출가를 했고, 그에게 소리를 배우다 결혼한 현재의 아내는 충주 시내에서 전통소리 강습장을 하며 어린 아들을 키운다. 그는 소리 공부에 매진하기 위해 산 속에서 '독거노인'처럼 산다고 말했다.

▌

으뜸가는 소리를 위해서는 소리꾼과 함께 분위기를 끌고 당기는 고수의 역할이 중요하다.
권재은 소리꾼은 녹음할 때 직접 장구를 치며 소리를 뽑는다. 송봉화 사진작가의 사진을 바
탕으로 드로잉했다.

내 뜻대로 산다

| 다양한 장르의 음악 통해 소리를 배운다 |

권재은 소리꾼의 방은 고서적과 음반으로 가득하다. 자칭 '활자 중독자'다. 《목민심서》와 《초한지》, 각종 인문 교양서 등 어지간한 도서관 못지않다. 〈수궁가〉(토끼의 간을 빼앗으려는 자라와 이를 꾀로 모면하는 토끼 이야기) 중 '약성가'(도사가 용왕에게 약을 일러주는 대목)를 이해하기 위해 한의학 책을 파고들었다. '적벽가'(조조가 적벽대전에서 패하는 내용)의 전쟁 이야기를 표현하려니 무기 공부가 필요하더라란다. 평소에 쌓아 둔 문학 내공은 찰나의 감동을 단단히 붙잡아 두는 도구가 된다.

"선생 부재에 대한 갈증은 음반이 해결해 줬어요. 전통음악만 가지고 전통음악을 못하겠더라고요. 그림, 문학, 다른 장르의 음악을 통해 소리를 배웠죠."

권재은 소리꾼은 또 오디오 애호가이고 음반 수집가이기도 하다. 5천 장이 넘는 CD와 LP음반을 소장하고 있다. 주로 판소리와 가야금 병창 등 전통음악이지만 윤도현밴드와 조용필, 주현미 등의 대중가요도 많다. 요즘은 인도와 스리랑카 등 제3세계 음악을 찾아 듣는다고 한다. 낯선 음악을 듣다 보면 익숙한 것도 다시 보인다는 게 그의 지론이다. 그렇다면 한창 인기를 끌고 있는 10대 아이돌 그룹이나 가수 싸이는 알까?

"싸이는 아들 핸드폰으로 들어 봤어요. 나는 음악적으로 (가리는 것 없이) 다 좋아해요. 전통적인 것만 있어야 하느냐, 그건 아니거든요. 다만 너무 감각적인 건 내가 추구하는 바가 아니죠."

| 득음 위해 고행을 자처 |

소울 음악의 대부 레이 찰스(Ray Charles)와 이탈리아 테너 안드레아 보첼리(Andrea Bocelli)는 시각장애인이다. 실제로 눈을 잃은 이들의 귀는 남들보다 예민하다는 의학적인 분석이 있다. 권재은 소리꾼은 선천적으로 사시(斜視)에다 약시(弱視)다. 이 때문에 학창시절 '왕따'도 당했고 청년기에는 대인기피증도 겪었다고 한다.

"한계를 갖는 것도 괜찮은 것 같아요. 그 때문에 두문불출하고 소리에 미칠 수 있었죠. 또 청력보다 청각이 발달했죠. 감각이 예민해지죠. 라식 수술을 할까도 했는데 괜히 소리가 안 될 것 같아서 그만뒀어요."

소리꾼들은 득음을 위해 온갖 방법을 쓴다. 영화 〈서편제〉에서는 한을 가르쳐야 한다며 유봉이 딸 송화를 실명하게 만드는 극단적인 이야기도 등장했다. 권재은도 득음을 위해 고행을 자청했다. 피를 토할 때까지 연습했다.

내 뜻대로 산다

"충주 남산에 가서 몸 하나 들어갈 만큼 움을 파요. 그 위에 서까래를 덮고 연습하죠. 힘든 공간을 만들어야 연습이 되니까요. 하루 열네 시간 연습했어요. 목이 붓고 목소리도 안 나오고 안압이 높아져 토할 것 같은 순간도 겪었죠."

그는 독학으로 기타를 익힌 뒤 아흔이 넘어서도 연습을 게을리하지 않았던 기타리스트 안드레스 세고비아(Andrés Segovia)처럼 연습을 '저축'이라고 표현했다. 오늘 연습해서 오늘 당장 바뀌진 않지만 내일 달라지기 위한 저축이 된다는 것이다. "연습이 많아질수록 소리에 대해 자유로워지더라"고 말하는 그는 제자들에게도 "저축하듯 소리 연습을 하라"고 강조한다.

권재은 소리꾼의 제자들은 주로 전국에서 찾아오는 전통음악 강사들이다. 워낙 스승과 제자 사이 위계질서가 뚜렷해 제자들은 스승의 그림자도 밟지 않을 정도로 예의를 갖추고 스승을 모신다. 좋은 소리는 무엇일까? 그는 소리에 "고저 장단 청탁 남녀"가 있어야 한다고 말한다. 높고 낮음, 길고 짧음뿐만 아니라 맑으면서 탁하고 남성스러우면서도 여성미가 있어야 한다는 것이다.

| 소리와 내가 하나 되는 순간을 기다리며 |

한 인디 가수는 권재은 소리꾼을 "주류 전통음악에서 뛰쳐나온 소리계의 펑크 록커"라고 표현했다. 권재은 소리꾼도 자신이 비주류임을 인정한다. 향토, 민족, 국가를 강조하는 전통음악에서 그는 유독 '나 자신'을 탐색한다. "내가 즐거운 소리가 가장 즐거운 음악"이라고 생각한다. 자신의 소리를 찾기 위해 '고립'을 자초한 권재은 소리꾼은 때로 외롭지만 얻는 게 많다고 말한다.

"산속에 있으니까 내면이 깊어지는 게 있어요. 뭔가 그리워하잖아요. 적당히 그리워야 상대방을 볼 수 있고."

권재은 소리꾼은 한 해 열 번 정도 공연을 한다. 두 달에 한 번은 집으로 사람을 모아 국악 감상회를 연다. 10년 동안 70회가 넘었다. 가정주부와 교사, 서양음악가 등 각계각층이 찾아온다. 몇해 전 암 수술을 하느라 모처럼 길게 쉬었던 그는 지금 3집 앨범을 준비하고 있다. 일반적으로 많이 불리지 않는 잡가(현실에 대한 구체적이고 직설적인 표현이 많은 소리)를 중심으로 앨범을 구성할 계획이다. 10-15분 정도의 긴소리로 〈육칠월〉〈바위타령〉〈공명가〉 등을 부른다.

권재은 소리꾼은 보다 많은 사람들이 자신의 음반을 통해 전통음악을 가깝게 느껴 주기를 기대했다. 전통음악을 들으면 삶이 윤택해지고 정신적으로 즐길 거리가 많아진다는 것이 그의 주장이다. 그에

내 뜻대로 산다

깊숙한 산속 납골당 아래 그의 집 거실에 불을 켜면 달이 뜬 것처럼 보인다.

겐 소리 외에 아무것도 없다. TV도 없고 신용카드도 없다. 주민등록증도 어디 있는지 모른다. 운전도 못한다. 젓가락질 하는 것도 어설퍼 참 아슬아슬해 보인다. 전세 2500만 원짜리 셋방에 앉아 그가 하루종일 생각하는 것은 소리뿐이다.

"소리가 저절로 나를 이끄는 무아지경을 일생 동안 두 번 만났어요. 소리와 내가 하나가 되는 순간이죠. 그런 순간이 또 오길 기다리며 계속 연습합니다."

2013년 10월.

내 뜻대로 산다

11

'천년의 세월'을 머금은
종이를 뜨다

청주시 문의면의 공예가 이종국

사방이 육지로 둘러싸인 충청북도, 깎아지른 산길을 왼편에 두고 대청호를 따라 백 굽이를 지나면 청주시 문의면 소전리 벌랏마을이 나온다. 마을버스가 하루 여섯 번 오갈 뿐 그 흔한 슈퍼마켓 하나 없는 동네다. "파리도 길을 잃는다"는 이 벽지 마을에선 휴대전화도 불통이다. '벌판의 밭'이란 뜻을 가진 벌랏마을에는 40여 년 전만 해도 70가구 400명가량의 주민이 살았지만 젊은이들이 하나 둘 도시로 떠나 이제는 22가구 30여 명만 남았다. 오전 열 시가 돼야 해가 뜨고 오후 세 시면 해가 지는 산동네에선 아이들이 30리를 걸어 학교에

다녔다. 물론 요즘은 취학 연령대의 아이들이 없다.

| 네 시간 걸어 학교에 다녔던 오지 마을 |

"사람 하나 지나갈 수 있는 소로(小路)를 따라 학교에 갔지. 티베트인가 텔레비전에 나온 걸 보니까 우리 때 학교 다니던 것과 똑같더구먼. 여기서 새벽 여섯 시에 출발해 학교에 도착하면 열 시야. 매일 아침 마라톤을 했지. 그래서 첫 교시가 뭔지 몰러."

수염을 멋들어지게 기른 청년회장 김대연 씨가 집집마다 "다섯에서 최고 열넷(14)까지" 아이를 낳았던 40년 전을 아득하게 회고했다. 김씨는 젊은 시절 도시로 나가 만화가로 일했지만 "무기를 그리면 잔인하다, 사랑 얘기를 쓰면 야하다고 사사건건 심의에서 트집을 잡는 바람에" 20여 년 전 고향으로 돌아왔다고 한다. 어쩌다 멧돼지가 출몰하는 이 오지 마을이 방송사의 관심을 끌면서 한국방송공사(KBS)의 〈고향극장〉이란 프로그램의 '두 남자의 멧돼지 소탕작전' 주인공을 맡는 등 20여 편의 TV 프로그램에 출연하기도 했다.

벌랏마을은 조선시대 임진왜란 때 피란민이 들어와 화전을 일구며 만들어진 것으로 전해진다. 1950년 한국전쟁 때도 피란민이 들어왔지만 마을 사람들은 전쟁의 소용돌이를 전혀 겪지 않았다고 한다.

내 뜻대로 산다

"충청도의 동막골"(영화 〈웰컴투 동막골〉의 오지 마을)이라고 불릴 만큼 고립된 곳이었기 때문이다. 1981년 대전시와 옛 충북 청원군 사이에 대청댐이 생기기 전까지 마을 주민들은 오솔길과 열두 개의 개울을 지난 다음 지금은 일부 수장된 벌랏나루터에서 배를 타고 금강을 건너야 대전으로 갈 수 있었다.

| 은은한 색감의 한지와 만나다 |

인구가 줄면서 활력을 잃었던 벌랏마을을 되살린 것은 마을에 지천으로 자라는 닥나무였다. 마을 주민들은 20여 년 전 이 닥나무를 가공해서 전승이 끊겼던 한지 생산을 다시 시작했다. 그리고 2005년 농촌진흥청이 벌랏마을의 '한지 뜨기'와 '한지공예 체험장'을 높이 평가해 농촌 전통테마마을로 선정했다. 마을은 정부지원금으로 한지 공동 작업장을 만들었다. 농진청은 또 2010년 벌랏마을을 '전국의 살고 싶고 가 보고 싶은 농촌마을 100선'에 꼽았다. 반딧불이와 가재를 쉽게 볼 수 있는 마을에서 주민들은 민박집을 운영하며 '산골생태 체험'과 '밤하늘 별 보기'를 위해 찾아오는 외지 손님들을 맞는다.

한지는 1973년 무렵까지 이 마을의 주요 생산품이었다가 한옥의 창호지와 장판지 수요 등이 줄면서 명맥이 끊겼다. 그러다 1990년대

I

외부로 통하는 출구라곤 오솔길 하나밖에 없는 충북 청주시 문의면 벌랏마을. 왼쪽 샘봉산 아래 한지 공동 작업장이 있다.

후반에 한지를 되살리는 데에는 '평범한 부처'라는 뜻의 마불(麻佛)을 호로 쓰는 이종국 공예가의 공이 컸다. 그는 충북 괴산군 출신으로 청주의 서원대학교에서 한국화를 전공했다. 하지만 도시에서 셋방살이하며 벽에 못 하나 박기도 어렵고 밤늦게 작업하기도 눈치 보였던 설움이 쌓여 그림을 접었다. 운영하던 입시 미술학원을 4년 만에 닫고 1998년 서른여섯 살의 나이에 벌랏마을로 들어왔다.

"택시 잡아 타고 '이 지역에서 가장 오지로 가자'고 했더니 택시 기사가 자신의 고향인 벌랏마을로 데려다주었어요."

그는 한동안 벌랏마을의 폐가에서 약초를 캐 먹으며 살았다. 그러던 어느 날, 마을에서 마지막으로 한지를 떴던 어르신이 집 벽장에서 한지 한 다발을 꺼내 보여 주었다. 자신이 땅에 묻힐 때 쓸 종이라는 설명과 함께. 은은한 색감의 한지를 보고 이종국 공예가는 큰 감명을 받았다. 아이가 태어나면 금줄에 종이를 끼워 세상에 알리고, 한지 장판 위에서 살다 다시 종이에 덮여 땅 속으로 들어가는 게 우리 민족의 삶이었다는 것을 알았다. 당시 마을에는 한지를 뜰 수 있는 지장(紙匠, 종이 뜨는 사람)이 단 두 명 남아 있었는데, 이종국 공예가는 그들을 붙잡고 전통 제조법을 배우기 시작했다.

"어렸을 때 닥나무로 팽이를 치고 놀았어요. 목수였던 아버지가 밭둑에다 닥나무를 수확해 놓으면 종이 뜨는 사람이 수거해 가요. 며칠 뒤 일 년 쓸 종이를 가져다준다고. 그런 인연이 없었으면 닥나무의 가치를 몰랐겠죠."

| 한지에 자연을 담다 |

한지는 늦가을 닥나무를 수확해 초겨울까지 재료를 만든다. 이 때문에 차가운 종이, 한지(寒紙)라고 불린다. 닥나무 겉껍질을 긁어내고 짓이겨 용해하는 등 아흔아홉 번의 고된 공정을 거쳐 백지(百紙)라고

마불 갤러리 내부. 이곳에서 한지를 제작하고 다양한 공예품도 전시·판매한다.

도 한다. 우리나라에 처음 종이가 들어온 시기는 금당벽화를 그린 고구려 승려 담징(579-631)이 일본으로 조선 제지법을 전수한 610년(고구려 영양왕 21년) 전으로 추정된다. 종이 생산의 중흥기는 학문이 발달해 서책 생산이 급증했던 조선시대 세종 때다.

그러나 19세기에 경제성이 뛰어난 서양 종이가 물밀듯 들어오고 1882년(고종 19년) 조선시대 궁중과 중앙 정부기관에서 사용하는 종이를 만들던 조지서(造紙署)가 폐지되면서 한지는 역사의 뒤안길로 접어든다. 1950-1960년대에는 원료에 분산제(고체를 액체로 녹여 분산시키는 약제)와 화공약품인 표백제를 사용해 환경오염 사업으로 낙인

찍히기도 했다.

이종국 공예가는 하나부터 다시 시작했다. 이승철 동덕여대 미술학과 교수가 쓴 《아름다운 종이 한지》 등 전문서적을 뒤졌고, 어느 지방에 뛰어난 지장(紙匠)이 있다는 소식을 들으면 직접 찾아가 비법을 배웠다. 공부를 할수록 햇빛과 가까운 한지의 따뜻한 빛깔과 친환경성, 견고함 등에 매료되었다. 종이뿐만 아니라 닥나무라는 원재료에 대한 관심도 키워 나가, 불린 닥나무에 왕겨와 톱밥을 섞어 견고하고 우둘투둘한 종이를 만들어 내기도 했다. 또 닥나무 육질을 이용해 머리핀과 쟁반, 어린이 장난감, 장신구 등 공예품도 만들었다. 지장들은 이종국 공예가의 작품에 대해 "한지에 자연을 담았다"고 평한다.

이종국 공예가는 옛것과 첨단의 융합에 관심이 많다. 아들 세대에도 이어질 수 있는 것을 고민한다. 다양한 종이를 만들기 위해 도구들도 직접 개조했다. 물감은 밭에서 얻은 천연재료로 만들어 쓴다. 작업 과정은 크게 둘로 나뉜다. 종이 위에 그림을 그리는 먹 작업은 벌랏마을에 들어가서 하고, 닥나무와 종이를 이용한 소품 제작은 청주시 문의면 문의중학교 앞에 만든 마불 갤러리에서 한다. 연등과 부채, 촛대, 항아리 등 그가 만든 다양한 소품은 국내외에서 전시되거나 인테리어 소품 등으로 쓰인다.

이종국 공예가가 닥나무로 다양한 변주를 할 수 있었던 것은 자연에 대한 깊은 탐구와 그의 탁월한 손재주 덕분이었다. 인류학자 클로드 레비스트로스(Claude Lévi-Strauss)가 《야생의 사고》(The Savage Mind)에서 말한 원시부족인의 탁월한 손재주, '브리콜라주'(bricolage)가 있는 것이다. 소비하지 않고 주변의 온갖 재료를 해체하고 융합하는 능력, 쓸모없고 연관 없는 것들을 모아 최상의 작품으로 만드는 자질이다. 그는 인터뷰 중에도 뜰에서 주워 온 단단한 등나무 콩깍지로 소품을 제작할 궁리를 했다.

"돈이 생기면 물건보다 공구나 연장을 사요. 물건이 필요하면 '어디서 살까'보다 '어떻게 만들어 볼까' 생각하죠. 목수였던 아버지의 영향 같아요. 스스로 선택한 번거로움이죠. 하지만 무한한 자유로움을 느낍니다."

| 계승·발전하기 위한 사회적 관심 필요 |

20여 년에 걸친 이종국 공예가의 '한지 사랑'은 이제 국내외에서 널리 인정받아, 2012년 문화체육관광부가 선정한 '문화예술 명예강사 100인'에 이어령 이화여대 석좌교수, 이문열 작가 등과 나란히 이름을 올리기도 했다. 2010년 캐나다 밴쿠버 동계올림픽 초대작가전을 포함해 매해 두 차례 이상 해외에서 전시 초청도 받는다. 2011년 장

내 뜻대로 산다

마불 갤러리에서는 한지공예 수업과 함께 매년 아이들과 성인을 대상으로 다양한 공예 프로그램을 연다.

영실의날 기념 과학기술전국대회 전통문화 부문 금상, 2006년 농촌진흥청 소품공예 디자인대전 대상 등 수상 실적도 화려하다. 기술과 오락, 디자인 분야의 세계적 비영리 강연회인 테드(TED) 출연을 계획 중이고, 자서전 출간도 생각한다.

"UCLA의 학장 한 분이 내 작품을 샀는데, 자기 학생들이 이곳에 와 한지 제작하는 법을 배울 수 있느냐고 묻더군요. 학생들을 보내 학점으로 인정받는 코스를 만들고 싶다고요."

이종국 공예가는 2005년 아들의 교육 문제로 벌랏마을에서 문의면으로 나왔다. 작품 활동에 더 집중하기 위해 마불 갤러리에는 직원 다섯 명을 채용했다. 하지만 작업장의 규모가 커지는 것만큼 부담도 늘었다고 한다. 사회적 기업으로 가 볼까 했지만 혼자서는 무리라고 느꼈다. 개인이 아닌 지역 또는 기업의 관심이 필요하다고 생각한다.

"한지에 대한 연구는 아직 10퍼센트 정도밖에 안 됐다고 봐요. 종이를 뜰 수 있는 환경 전체를 정비해야죠. 중국은 국가에서 종이를 관리해요. 우리나라는 표준화된 제지법이나 철학이 없어요. 숭례문 공사 과정에서 계속 오차가 난 게 바로 그것 때문이라고 생각해요. 축적된 기술을 기록하고 관리해야 하는데 안 했으니까."

1966년 경주 불국사의 석가탑 해체 공사 중 세계에서 가장 오래된 목판 인쇄본 무구정광대다라니경(추정 제작연대 704년)이 나왔다. 금동 사리함에 비단으로 싼 한지 두루마리였다. 천 년이 훨씬 넘는 세월을 버틸 만큼 종이의 강도는 최고였고 먹 번짐 현상도 우수했다. 광택도 일품이었다. 한지는 "단언컨대 완벽한 소재"라고 할 수 있다. 이종국 공예가는 이런 한지를 잘 계승하고 발전시키기 위해 사회적인 관심과 지원이 필요하다고 강조했다.

"아이들이 보는 교과서를 한지로 만들고 한지 전용 복사기도 만들어 팔았으면 좋겠어요. 아이들이 학교에 입학하면 닥나무를 심고, 나중에 그걸로 종이를 만들어 졸업장을 주면 어떨까요. (세계가 알아주는) 우리 종이에 대해 지역 사회와 기업들도 관심을 가지면 좋겠습니다."

2013년 12월.

12

자계예술촌에서 벌어지는
'그믐달의 들놀음'

영동군 용화면의 박창호 예술감독

아담한 키에 머리가 약간 벗겨진 남자가 미닫이문을 젖히고 고양이
처럼 살그머니 소극장 밖을 나온다. 극장 안에는 여자의 비명이 모스
부호처럼 끊어졌다 이어진다. 남자는 불안한 듯 잡초가 듬성듬성한
바닥을 빙빙 돌다 낡은 벤치에 앉는다. 다시 말간 하늘을 멍하니 바
라본다. 충북 영동군 자계예술촌을 찾아간 날 박창호 예술감독은 무
대 밖에서 조마조마한 심정으로 아내를 기다리고 있었다. 아내인 박
연숙 자계예술촌 대표는 성폭력 피해 여성을 주제로 한 1인극을 무대
에서 펼치고 있었다.

　　　　　　　　　　　　　　　　　　　내 뜻대로 산다

원없이 햇빛을 보며 공연하기 위해 찾은 곳, 자계예술촌에서 박창호 예술감독.

2015년 10월 두 차례 찾아간 충북 영동군 용화면 자계예술촌은 눈을 감고도 계절을 알 수 있는 곳이었다. 이슬 젖은 낙엽 냄새와 나무 타는 훈향, 잘 말린 들깨 냄새가 바람결을 타고 콧속을 건드렸다. 예술촌이 위치한 마을의 이름은 자계. '신선 자'(紫)에 '시내 계'(溪)로, "신선이 머무는 맑은 시내"란 뜻을 가졌다. 총 30여 가구가 사는 자계예술촌은 용화면사무소에서 차를 타고 10분은 더 들어가야 나온다.

| 자계마을에 정착하기까지 |

경기도 파주에서 태어난 박창호 감독은 1982년 충남대 지질학과에 입학한 뒤 줄곧 대전에서 활동했다. 대학 시절 '얼카뎅이'라는 이름의 학생운동 문화 선전대 활동을 하며 시위 현장의 마당극을 이끌었다. 요즘도 매년 특강을 열어 후배들에게 전통 가면극인 고성오광대춤을 가르칠 정도로 몸짓에 일가견이 있다. 그러던 박 감독은 1990년대 들어 놀이패 내부의 운동 노선이 갈리면서 뜻이 맞는 이들과 함께 대전에서 극단 '터'를 만들었다.

돈 없는 극단에게는 하루하루가 고난의 연속이었다. 비만 오면 물이 계단을 타고 내려와 지하 연습실이 수족관 신세가 됐다. 배우들이 슬리퍼를 신고 바가지로 물을 퍼냈지만 마르기가 무섭게 또 빗물

내 뜻대로 산다

이 덮쳤다. 그렇게 장마철을 보내고 나면 건물 식당의 하수구 악취가 코를 찔렀다. 두더지 같은 지하 생활이었다. 쉬는 시간이면 배우들이 햇볕이 들어오는 작은 창가에 멍하니 서 있곤 했다. 한 공연이 끝나면 수십만 원 정도 수입이 생겼지만 제작비로 들어가고 배우들이 손에 쥘 수 있는 돈은 거의 없었다.

"지하에서 연습하다 보면 칙칙한 분위기가 작품에 반영되는 거예요. 배우들은 늘 움츠려 있고 연기도 축축 늘어졌죠. 소리도 문제였어요. 탈춤 추려고 악기를 두드리다 보면 소음이 나거든요. 주민들이 (시청에) 민원을 넣어 연습이 중단됐죠."

연극은 좋았지만 극단을 향하는 발걸음은 늘 천근만근이었다. 원 없이 햇빛을 보며 공연을 할 순 없을까. 그런 곳이 있다면 산이든 바다든 상관없을 것 같았다. 그러던 중 폐교가 눈에 들어왔다. 당시 농촌 인구가 줄면서 전국 농어촌에 문 닫는 학교가 늘고 있었다. 지방 자치단체들이 앞 다투어 인터넷에 폐교 임대를 경매에 올렸다. 박 감독은 대전과 가까운 곳에서 가장 싸게 빌릴 수 있는 곳을 찾았다. 그게 1992년 문 닫은 용화초등학교 자계 분교였다. 전체 2000여 평 규모에 교실 다섯 칸이 있는 본관과 교사들이 숙소로 쓰던 별관 한 동이 있는데, 1년 임대료가 500만 원이었다. 마을과도 400미터가량 떨어져 있어 소음도 문제 되지 않아 보였다.

"무대가 대전에 있든 서울에 있든 더 나빠질 게 없는 상황이었어요. 어차피 연극 관객은 고정적이거든요. 연극 특성상 작품만 좋으면 먼 거리라도 관객이 찾아올 거라 판단했어요. 게다가 우리는 유명 연출가나 배우의 이름값으로 움직이는 극단도 아니었으니까요."

2001년 단원 7~8명과 함께 자계마을로 이주했다. 그중 부부 단원은 별관을 고쳐 신혼집을 만들었다. 단원 중 나중에 부부가 된 이들은 도시에서 전세금을 빼 온 돈으로 인근 마을에 방을 얻었다. 학교 구석구석에 쌓인 폐비닐 등 좀내 나는 농촌 폐기물을 모두 치우고 단장을 시작했다. 깨진 유리창 등 떼낼 수 있는 것들은 다 떼냈다. 본관 건물의 교실 두 개를 합쳐 100석 규모의 실내 소극장을 만들고, 나머지 교실은 의상실과 사무실 등으로 구성했다. 학교 입구 쪽 별관은 식당과 배우들의 숙소 및 연습실로 꾸몄다.

첫 삽을 뜬 지 6개월 만인 2002년 3월에 개관식을 했고, 2년 뒤에는 당시 문화관광부의 '생활 친화적 문화공간 조성사업'에 선정돼 1억 8000만 원의 지원금을 받아 야외무대를 만들었다. 비가 와도 공연을 할 수 있도록 철골 구조로 기둥과 지붕을 만들었다. 현재 관람객 400명까지 수용할 수 있다.

"집수리도 해본 적이 없었어요. 하지만 돈이 없으니 직접 다 고쳐야 했죠. 보일러도 놓고 창틀도 만들었어요. 뭐 하나 온전한 게 없는 상황이었지요. 정부 지원금도 다른 단체처럼 개별 작품에 쓰지 않고 무대 등 하드웨어를 바꾸는 데 투자했어요. 멀리 내다본 거죠."

내 뜻대로 산다

| 규모는 작지만 메시지는 농밀한 예술잔치 |

단원들은 매달 공연을 하기로 했다. 후미진 산골로 관객을 끌어들일 수 있는 방법은 질 높은 공연을 꾸준히 해서 입소문을 퍼뜨리는 것밖에 없다고 생각했다. 공연은 눈이 오는 기간을 피해 3월부터 11월까지 매달 마지막 주 토요일에 열었다. 이름하여 '그믐밤의 들놀음'. 그렇게 7년 동안 63차례 관객을 만났다. 처음 막을 열었을 때 관객은 인근 주민 20명 정도였다. 배우들의 마음 한구석에 어둠이 깔렸다. 그래도 태풍이 오든 번개가 치든 약속된 공연을 강행했다. 그것이 자신들이 제일 잘하는 일이라고 생각했다. 처음엔 가까운 동네에서만 오던 관객이 점점 이웃 마을로, 또 인근 전북 무주군과 충북 청주시로 범위를 넓혀 갔다. 지금은 한 번 공연에 100명 정도가 객석을 채운다. 지역 문화공연에 목말라 있던 농민과 자영업자들 및 대학 교수 등 30-40대 이상의 다양한 관객이 먼 길을 마다하지 않고 찾아온다.

"2002년 태풍 루사가 한반도를 강타했죠. 우리 건물에도 비가 들이치고 근처 도로는 빗물에 잠겼어요. 그래도 저희는 공연을 했어요. 하늘이 두 쪽 나도 작품을 무대에 올렸지요."

찾아오는 손님의 발길이 늘자 단원들은 신명이 났다. 그 참에 판을 더 키우기로 했다. 매달 하는 공연을 모아 더 큰 잔칫상을 만들자는 것이었다. 그렇게 기획된 것이 '다시 촌스러움으로, 산골공연예술잔치'다. 2004년 여름 처음 막을 열어 매년 한 차례 하고 있다. 잔치 기간 사흘 동안 전국 각지에서 700명가량 찾아왔다. 2015년에는 음악과 설치미술을 결합한 퍼포먼스 그룹 음악당 달다(대표 연리목·이정훈)의 〈랄랄라쇼〉. 심청전을 각색한 마당패 우금치(대표 류기형)의 〈청아 청아 내 딸 청아〉 등 8편을 선보였고, 대미는 박창호 감독과 박연숙 대표가 직접 주인공으로 출연한 극단 터의 〈방을 위한 투쟁〉으로 장식했다. 남녀가 인간의 해방구이자 안식처를 상징하는 방을 차지하기 위한 사투를 그린 작품이다.

"예술잔치 부제가 '다시 촌스러움'이에요. 촌스럽다는 말을 대개 부

자계예술촌 전경. 오른쪽 지붕이 야외무대로 관객 400명까지 수용할 수 있다. 본관에는 100석 규모의 소극장과 함께 사무실과 의상실이 있다.

내 뜻대로 산다

정적으로 쓰잖아요. 하지만 촌스럽다는 것은 농부가 나락 농사를 고집하는 것처럼 기본을 지키는 것이라고 생각해요. 기본적인 것을 충실히 하고 그다음 대가를 바라는 거죠. 무엇보다 연극인에게 촌스럽다는 건 가장 연극다운 것이 무엇인지 고민하고 그것을 지켜 나가는 태도와 자세를 나타내죠."

여름에 산골공연예술잔치가 있다면 가을에는 '산골마실극장'이 있다. 잔치가 전 연령층이 푸지게 놀 수 있는 마당극이라면, 산골마실극장은 인간의 불안과 혼돈을 다루는 부조리극이 중심이다. 2013년 처음 막을 열었다. 내용이 좀 어렵더라도 관객에게 고민거리를 던져 주자는 취지로 시작했다. 2015년에는 서울 대학로에서 활동하는 극단 초인(대표 박정의)이 무명 배우의 욕망을 다룬 〈어느 배우의 슬픈 멜로드라마 맥베드〉를 선보였고, 마임이스트 유진규가 굿과 제례의식 속 몸짓을 현대적으로 재해석한 작품 〈빈손〉을 열연했다. 마지막 날은 박연숙 씨가 1인극 〈해자와 혜자〉를 연기했다. 성폭력 피해 여성인 해자에게 가해지는 사회적 편견과 그것을 치유하는 과정을 그렸다. 세 편 모두 1인극 아니면 2인극이다. 먼 산골에서 공연할 팀을 섭외하고 비용을 줄이다 보니 규모가 작아졌다고 한다. 하지만 "메시지는 더 농밀해졌다"고 박 감독은 말한다.

"모든 사람이 내가 연출한 연극을 보고 마냥 즐거워한다면 그건 문제라고 생각해요. 표가 덜 팔리더라도 심도 있는 공연들을 만들어

무대에 계속 올려야 하거든요. 가령 글쟁이들은 글로 사회 부조리를 이야기하지만, 저희 연극인들은 고전 희곡을 무대에 올림으로써 표현하죠."

| 관람료는 후불제 자유요금 |

연극의 3요소는 희곡, 배우, 관객이다. 그런 면에서 자계예술촌의 관객은 공연의 수준을 높이는 중요한 축이다. 어느 예술가는 자신의 블로그에 자계예술촌 관객을 "창의적 관객" "자신만의 심미적 기준을 갖춘 교양인"이라고 치켜세우기도 했다. 산골에 오로지 공연을 보러 온 사람들이니 일반 관객보다 집중도가 높은 건 어쩌면 당연하다. 또 연극이 끝나고 주위에 갈 곳이 없으니 관객들은 더욱 연극에만 몰입한다.

"공연을 마친 배우들이 오히려 감동을 받고 간다고 말해요. 배우의 감정선을 따라 관객들도 같이 울고 웃어 주기 때문이죠. 특히 이곳 관객들은 잠시 시간을 때우러 오는 것이 아니라 최소 일주일 전부터 일부러 시간을 빼 두고 방문하는 충성도 높은 손님이기 때문이에요."

관람료는 후불제 자유요금이다. 관객들이 느낀 감동만큼 무대 앞

내 뜻대로 산다

항아리에 넣고 간다. 처음에는 열 명 중 한두 명만 돈을 냈지만 갈수록 그 수가 늘고 있다. 물물교환도 가능하다. 어떤 이들은 음료수와 쌀을, 어떤 이들은 자신이 농사지은 벌꿀을 놓고 가기도 한다. 예술촌을 운영하는 데 부족한 재원은 박 감독 부부가 다른 지역에 초청 공연을 가거나 아이들에게 연극 수업을 해서 번 돈으로 메운다.

"공연 요금을 돈으로 환산하기 힘들 때가 있어요. 공연을 보면서 맺어지는 새로운 관계와 가치들이 있거든요. 우리 연극인이 즐겁게 베풀 수 있는 것이 공연이고, 농민에겐 그게 농산물이 되겠지요."

공연이 끝나면 소담한 국수 그릇이 별관 식당에서 관객들을 기다린다. 아이들을 위한 떡볶이도 있다. 박 감독이 손맛 좋은 마을 주민에게 부탁해 마련한 간식이다. 먼 길을 찾아온 손님에 대한 답례다. 그렇게 연극을 본 아버지와 딸, 부부, 오래된 연인들이 국수 가락을 넘기며 감상평을 나눈다. 마음속 별점을 몇 개나 매겼는지 박 감독도 근처에 앉아 오가는 말을 몰래 듣는다.

"잔치란 게 일방적으로 돈 내고 소비하는 것이 아니라 함께 준비하는 과정이라고 생각해요. 연극 요금을 돈으로 내도 되고 현물로 내도 되죠. 아니면 공연을 위한 일손을 도와줘도 돼요. 옛날에는 마을 잔치를 할 때 마을 사람들이 돈도 모으고 노동력도 나눠 가며 만들었잖아요. 저희 공연도 그런 잔치판과 같은 거예요."

| 수두리마을 연극제 |

외지인이 폐교를 빌려 문화 사업을 하다 원주민에게 쫓겨나는 경우도 없지 않다. 마을 정서를 무시하고 사업을 확장하다 눈총을 받는가 하면, 사업성이 있어 보이면 주민들이 거꾸로 폐교를 임대하는 경우도 있다. 귀촌한 사람에게는 원주민과 잘 어울려 뿌리를 내리는 것이 중요한 과제다.

박 감독은 연극에서 해법을 찾았다. 지난 2005년, 인근 영동군 양산면 수두리의 마을 이장이 박 감독에게 마당극을 만들자고 제안했다. 지자체마다 경쟁적으로 체험마을을 조성하는데, 다른 마을보다 돋보일 수 있는 콘텐츠가 필요했던 모양이다. 이렇게 해서 '수두리마을 연극제'가 탄생했다. 박 감독은 마을 노인들을 찾아다니며 구전으로 내려오는 소소한 이야기들을 대본으로 옮겼다. 밭에서 도망간 소를 찾느라 고생했는데 소가 멀쩡히 집에 와 있어 화가 나 소뿔을 부러뜨린 일, 아침에 수레에 쌀을 싣고 방앗간에 갔다가 그 돈으로 전부 술 먹은 남편 이야기, 육성회비를 못 줘 아이들과 다툰 이야기 등이다. 이장이 마을 주민들을 배우로 섭외하고 박 감독은 연출을 했다. 그해 배우들은 50여 가구 주민들 앞에서 공연을 했다. 배꼽을 잡는 사람, 민망해하는 사람 등 관객들의 반응도 볼 만했다.

"당시 나이가 최고 많은 배우가 여든여덟 살 어르신이었어요. 농사

자계예술촌 박연숙 대표의 1인극 〈해자와 혜자〉. 성폭력 피해 여성의 고통을 연기하고 있다.

매년 여름 야외무대에서 진행되는 산골공연예술잔치. 초청 공연팀이 관객을 무대로 불러와 공연하고 있다. 배우들의 등이 땀으로 흠뻑 젖었다.

지을 힘도 없는 분이셨죠. 마을에는 60대도 거의 없었거든요. 처음에는 어르신들이 자기 이야기를 잘 안 해서 대본을 쓰는 데 애를 먹었어요. 친해지는 시간이 꽤 걸렸죠. 그래도 공연이 잘 끝나고 호응도 좋았어요. 요즘엔 마을 주민들이 다시 연극을 만들어 보고 싶다고 말할 정도니까요."

자계예술촌은 인근 주민들에게 효자 노릇을 하고 있다. 공연이 입소문을 타면서 여러 방송사가 귀농과 귀촌, 산골 등 다양한 주제와 엮어 예술촌을 조명했기 때문이다. 외지인의 발길이 잦아지면서 농산물 현장 거래와 택배 판매도 늘었다. 매년 산골공연예술잔치가 열리면 자계리 부녀회가 먹거리 장터를 펼쳐 잔치국수와 파전 등 식사거리를 만들어 판다. 마을 농민들이 생산한 블루베리와 곶감, 표고버섯 등 각종 특산물 장도 선다.

"우리가 알려지면서 방송에서 촬영을 많이 와요. 그런데 촬영팀이 우리만 찍고 가나요. 동네도 촬영하고 특산물도 찍잖아요. 마을 분들은 그것 때문에 농산물 판매가 는다고 생각해 주세요. 예쁘게 봐 주시는 거죠. 시골에서 의지로만 어떻게 십몇 년을 버텨요. 동네 분들이 도와주시니까 이제껏 있는 거예요."

| 고립에서 얻은 더 큰 자유 |

산골 생활이 마냥 쉽지는 않다. 우선 열 명 가까이 됐던 예술촌 상근자가 이제 박 감독과 박 대표 둘만 남았다. 후배들은 대부분 대전으로 돌아가 공연이 있을 때만 온다. 주변에 24시간 편의점이나 옷가게 등 도시가 주는 편리함이 없고 다른 극단과의 교류도 어려워 젊은후배들이 정착하는 데 한계가 있었다. 무엇보다 배우들은 생활비를벌기 위해 시간제 아르바이트를 해야 하는데 일자리가 없었다. "버티는 것이 장기"라고 말하는 박 감독도 처음에는 이런 고립이 매우 힘들었다고 한다. 하지만 시간이 지나면서 더 큰 자유로움을 느낀다고말했다. 거리의 신호등과 도시의 시곗바늘이 아닌 온전히 자기만의시간대로 삶을 운영할 수 있게 되었다는 것이다.

"술 마실 가게는 찾기 어렵지만 멀리서 찾아온 친구들과 나누는술 한 잔이 더욱 소중해졌고, 사람을 만나는 횟수는 줄었지만 자신을 알아 가는 맛은 웅숭깊어졌다고 할까요."

부부는 처음에 농사를 짓겠다고 밭 1000평에 각종 농산물을 심었다. 농기계를 몰다 손이 찢어지기도 했다. 이제는 텃밭만 일구고 있지만, 산골 생활에 적응하려다 보니 힘들고 불편한 일을 많이 겪어야했다. 하지만 이제는 밖에 나가 있으면 빨리 집에 오고 싶다고 한다. 도시 사람들 번잡한 것이 점점 불편해졌다. 누가 몇 시에 일어나라고 하지도 않고 몇 시에 자라고 간섭하는 일도 없는 자유를 즐긴다.

그래도 부부의 시계는 빠르게 돌아간다. 월·화·수요일은 지역 초등학교에서 〈침묵의 기억〉이라는 이름으로 학교폭력예방 연극 교육을 하거나 지역 아동센터에서 동화를 활용한 연극 수업을 한다. 목·금·토요일에는 자체 공연 연습을 하거나 전국을 돌며 기획·초청 공연을 한다.

2015년에는 충북문화재단의 '찾아가는 문화활동 지원사업'에 선정되어 1년 동안 아이들과 학교생활의 어려운 점을 극으로 만들어 공연했고, 8월에는 제주도 4·3평화인권마당극제에 초청돼 연극 〈방을 위한 투쟁〉을 선보였다. 꾸준한 활동을 인정받아 2015년 문화체육관광부와 예술경영지원센터가 주관한 '예술경영 콘퍼런스'에서 예술경영 우수사례 부문 최우수 단체로 선정되기도 했다.

"이름이 알려지니까 사람들이 돈 벌 수 있는 프로그램을 만들라는 등 여러 가지 제안을 해요. 사람들이 오면 잘 자리가 없냐면서요. 하지만 그것들은 작품 창작의 곁가지라고 생각해요. 저는 잘하든 못하든 연출할 때 살아 있다고 느끼니까요."

산골 무대에서 의미 있는 성과를 거두고 있지만 연극인으로서 대도시의 큰 무대에 나가 주목을 받거나, 영화나 방송에 출연해 인기를 얻고 싶지 않을까. 이 바보 같은 질문에 돌아온 박 감독의 대답은 단호했다.

"연극인의 꿈이 다 영화배우는 아닙니다. 우리는 우리 무대에서 우리의 이야기를 하고 싶을 뿐이에요. 이곳을 가꾸며 연극에 대해 고민하는 후배들을 키우고 싶어요. 전 늘 새로운 것을 찾습니다. 그렇지 않다면 언제든지 떠날 준비가 돼 있습니다."

2015년 10월 17일, 31일.

13

비바람 속에서도 뒷마당을
묵묵히 지키던 장독처럼

청주시 오송읍의 박재환 옹기장

부서지고 허물어진 집들, 콘크리트 벽에 휘갈겨진 '철거'라는 시뻘건 글자, 용달차로 이삿짐을 옮기는 노부부. 2014년 12월에 찾아간 충북 청주시 오송읍 봉산리에는 소복이 내린 눈도 다 가리지 못한 재개발의 흔적이 스산하게 펼쳐져 있었다. 충청북도가 오는 2018년까지 청주시 오송읍 일대 328만 제곱미터 부지에 제2생명과학단지를 만든다는 계획에 따라 재개발을 추진하고 있기 때문이다. 흙이 얼어 옹기 가마를 가동하지 못해 휴지기에 들어간 봉산리 가마에서 충청북도 무형문화재 12호인 박재환 옹기장을 만났다. 그는 흰색 광목천으로 된 작업복을 깨끔하게 차려입고 있었다.

"1970년대만 해도 근처에 옹기점이 일고여덟 개 됐지. 여 앞 흙에는 좁쌀만한 모래 하나 없는 고운 점토가 많아 여서 만든 옹기가 함흥과 청진까지 팔릴 만큼 유명했지. 옹기 공장은 또 운송이 중요한데 바로 앞 미호천 근처에서 원료를 채취해 지게로 져다 바로 옹기를 구웠던 겨."

| 박해 피해 산골에서 옹기를 구운 천주교인들 |

박재환 옹기장의 6대조인 박예진은 "사회도덕을 문란하게 하고 아버지와 어머니도 없는 무군무부(無君無父) 사상인 천주교를 신봉한다"는 이유로 문중에서 퇴출당한 뒤 이곳으로 숨어들었다고 한다. 조선 말 천주교인들은 마을과 나라의 박해를 피해 벽지에서 화전 농사나 양잠, 옹기점 등을 하며 생계를 이었다. 박 옹기장의 집안은 대대손손 옹기점을 하며 신앙을 지켜 왔다. 전문가들은 이곳 가마터가 200년 전쯤 만들어진 것으로 추정한다.

"정(丁) 자가 '두드릴 정'인데, 그 당시 쌍사람(상놈) 직업 1호가 흙백정이여. 옹기 만들려면 흙을 두드리고 패야 하거든. 그래서 포졸들은 '옹기점에는 쌍사람만 있으니 선비들이 발붙일 곳이 아니다'라고 생

작업장에서 이야기하는 박재환 옹기장. 옹기처럼 둥글고 다부진 모습이다.

내 뜻대로 산다

각혀고 여까지 안 왔던 겨. 교인들이 은신하기 제일 좋았지."

봉산리 옹기점은 주변보다 조금 높은 구릉에 위치해 있다. 제약회사에 다니다 아버지의 뒤를 잇겠다며 7년 전 귀향한 셋째 아들 박성일 씨는 "하느님이 있는 곳에 가까이 있으려는 종교의식 때문"이라고 설명했다. 이곳에는 1960년 무렵까지 50평 규모의 '벌미공소(벌미마을의 작은 성당)가 있었다. 1886년 한불수호조약이 체결된 뒤 프랑스 선교사들이 만들었고, 해방 뒤에는 한국 최초로 주교 서품을 받은 노기남(1902-1984) 대주교가 한 달에 한 번 성사예식을 하러 찾아오기도 했다.

"당시 교인들은 옹기 가마에 십자가나 성모상을 모셔 놓고 가마 안으로 들어가 기도를 혔지. 항아리를 팔러 나갈 때는 항아리 안에 묵주나 성모상을 넣어 두고 전도를 혔고. 그래서 (충북) 진천군 베티 성지, 제천시 배론 성지 등 성지 주변에는 옹기점이 많았던 겨. 하지만 교인들이 대부분 처형당혀서 지금 남아 있는 곳은 드물어. 그래서 천주교인들은 봉산리 사람들을 피의 순교자가 아닌 '백색 순교자'라고 불러."

| 열한 살 심부름꾼에서 일류 도공으로 |

박재환 옹기장이 독 짓는 일에 뛰어든 것은 열한 살 때다. 아버지 박원규(1908-1942) 씨가 일본 탄광으로 강제 징용을 갔다 폭약사고로 왼쪽 발목을 잃고 1941년 귀국한 뒤 물레를 밟지 못해 가세가 급격히 기울어서다. 당시 아버지는 재혼한 아내와 장인, 장모까지 모시고 살았던 터라 가족들은 입에 풀칠하기도 어려웠다. 새어머니는 물동이와 자배기(둥글넓적한 질그릇), 뚝배기 할 것 없이 머리에 겹쳐 이고 시장에 나가 팔았다. 박 옹기장도 두 살 위의 형과 옹기 공장에 들어갔다. 잡일을 돕고 첫 임금을 받아 된장과 간장을 샀던 기억이 난다고 한다. 공장에 들어간 지 3년 만에 옹기 뚜껑을 만들었고, 열다섯 살 때는 그 어렵다는 똥장군을 척하니 구워 냈다. 똥장군은 거름으로 쓸 인분을 모아 두는 높이 60센티미터 정도의 항아리로, 흙을 휘는 까다로운 작업이 많고 제작 과정에서 옹기가 주저앉기 쉬워 고도의 기술이 필요하다.

"심부름꾼으로 들어가서 낮에는 어른들허고 일허고 저녁에는 등잔불 켜 놓고 밤 열두 시, 새벽 한 시까지 연습했던 겨. 주경야독을 한 셈이지. 똥장군을 한 600개 만들고 나니까 그때야 제대로 된 걸 만들 수 있겠더라고. 그러니께 한 달에 쌀 두 말 받고 시작한 일이 몇 년 만에 쌀 두 가마니 받고 일헐 정도가 된 겨. 초등학교도 못 나온

옹기를 만들고 있는 박재환 옹기장을 연필로 그렸다.

사람이 일류 기술자가 된 겨."

　박 옹기장은 스물다섯 살에 같은 마을 출신 김정순(1933-2008) 씨
와 결혼한 뒤 기술을 더 배우려고 전국의 옹기 고수들을 찾아다녔다.
첫 해인 1958년에는 충북 보은군 송평리 옹기 공장에 들어가서 가마
온도를 600-700도로 유지해 옹기가 깨지지 않게 하는 기술을 배웠
다. 이듬해는 경기도 용인시 삼계리 옹기 공장에서 점토를 고르고 풀
어 정제하는 법을 3년 동안 배웠다. 경기도 안성시 양협리와 옛 충남
연기군, 인천시 경서동 등 내로라하는 옹기 공장을 다 찾아가 손에서
손으로만 전수되던 비법들을 열심히 익혔다.

　"처음에는 변두리 놈이 겁도 없이 찾아왔다고 무시혔지. 근데 몇
년 안 지나서 내가 저들 선생 노릇을 혔어. 난 이곳저곳에서 배운 게
많았거든. 나중에는 전국에서 제일 컸던 인천 옹기 공장 최기영 사
장이 날더러 대한민국에서 최고로 옹기 잘 굽는 도공이라고 혔지
뭐여."

　그렇게 10여 년간 기술을 연마한 뒤 1971년 청주로 돌아왔다. 그
가 가장 먼저 한 일은 쌀 50가마니 값을 치르고 조상들이 일했던 가
마터를 인수한 것이었다. 다음부터는 일사천리였다. 일류 도공들에게
배운 신기술로 가마를 개량해 장독과 술항아리, 쌀항아리 등 손님들
이 주문하는 옹기를 뭐든 척척 만들었다. 이웃들은 "이제 마을이 부
자 될 일만 남았다"며 함께 기뻐했다.

그러나 단꿈은 잠시, 신산스러운 시대가 기다리고 있었다. 플라스틱과 양은 등 가볍고 질긴 용기들이 공장에서 쏟아져 나오기 시작한 것이다. 엎친 데 덮친 격으로 1979년에는 정부가 "옹기에 납 성분이 많다"며 전국 옹기 공장들을 단속했다. 흙 자체에 함유된 납이 보통 0.4피피엠인데, 정부가 옹기에 쓰는 유약인 광명단의 납 허용치를 0.1피피엠으로 규정해 기준을 맞출 수가 없었다. 3년 뒤 인천 옹기 공장 최기영 사장과 변호사들의 도움으로 옹기의 납 허용치를 1피피엠으로 올리는 데 성공했지만, 그 사이 많은 도공들이 버티지 못하고 떠났다.

"옹기는 투박하고 쓰기가 나쁘거든. 거기다 박정희 대통령도 입산금지령을 내렸어. 산림 보호를 한다며 옹기 공장에서 나무를 연료로 쓸 수 없도록 했지. 얼마나 힘들었던지 일을 혀도 남는 건 없고 그려서 그때 4남 1녀 공부시키려고 땅도 대부분 팔아 버렸어."

| 인고의 세월 거쳐 무형문화재 됐지만 |

그저 버티던 시절이었다. 그렇게 힘든 시간이 흐르자 시대는 다시 박 옹기장을 주목했다. 2003년 충청북도가 "200년 역사의 가마터와 옹기 기술이 문화재로서 가치가 높다"며 그를 충북 무형문화재 제12

호 옹기장으로 선정한 것이다. 또 여러 대학에 도예과가 생기면서 연구자들이 옹기 기술을 배우고 기록하러 박 옹기장을 찾아왔다. 2009년에는 캐나다에서 열린 세계무형문화재 작품전에 똥장군 두 점을 출품해 관심을 받기도 했다. 2010년에는 울산 세계옹기문화엑스포 광고 모델로 선정되어 봉산리 가마에서 엑스포 성화의 첫 불을 밝히는 영광도 누렸다.

"서양에도 옹기가 많겠지만 똥장군의 역사가 그들에게 새롭고 신기한 볼거리였던가 봐. 우리나라는 70퍼센트가 산이라 농경지가 산 쪽에 많이 붙어 있어. 조상들은 똥장군에다 똥을 담아 지게에 지고 밭에 가서 바가지로 퍼 주었지. 똥이 곡식을 키우는 천연 비료였던 겨."

흙냄새가 싫다고 떠났던 셋째 아들이 계승자가 되겠다며 돌아오고 시장에서 옹기의 인기도 높아져 살 만하다 싶었는데, 재개발을 해야 하니 봉산리를 떠나라는 지자체의 압력이 닥쳤다. 박 옹기장은 봉산리 가마가 문화재로서 보존돼야 한다며 맞섰다. 시행사인 충북개발공사가 지난 2008년 오송읍 일대의 문화재 지표조사를 추진하면서 이 일대를 누락시키는 등 절차도 잘못됐다고 항의했다. 특히 문화재청이 재조사 요구를 받아들이고서도 지표조사를 미루는 사이 충북개발공사가 2014년 10월 가마터 감정평가를 하겠다며 강제로 옹기점에 들이닥친 것이다. 이를 막는 과정에서 박 옹기장과 성일 씨가 머리와 목 등에 각각 전치 4주의 부상을 입었다.

흙벽돌로 쌓아 올린 구식 작업장. 정면 중앙에 있는 항아리가 인분을 담아 두는 용도의 '똥장
군'이다.

　박 옹기장의 옹기점이 보존되기 위해서는 가마가 문화재로 인정받

아야 한다. 충북개발공사는 2014년 3월 연구용역을 통해 "봉산리 칸

가마는 축조 형태나 재료를 보아 20세기 이전 것으로 보기 어렵다"

고 결론지었다. 보통 국내 가마는 안이 합쳐진 통가마인데, 봉산리는

가마 안이 여러 칸으로 나뉜 일본식이어서 200년이 되지 않은 것으

로 보인다는 것이다. 박 옹기장은 해당 연구원에 옹기 전문가가 없고

지적한 부분도 역사적 사실과 거리가 멀다고 반박했다.

　"충북개발공사가 용역을 준 연구원은 옹기 전문가도 없이 가마터를

5분쯤 훑어본 게 조사의 다였어. 엉터리 소견서를 써 낸 거지. 우리 칸가마가 전통이 아니라고 하는데, 국내 저명한 옹기 전문가의 기록을 보면 일본에서도 고려청자를 만들기 위해 납치한 우리 도공을 시켜 칸가마를 만들게 했다는 기록이 많아. 고려청자는 1400도가 넘어야 유약이 녹는데, 통가마로는 안 돼. 칸가마로 했다는 기록이 많다고."

문화유산에 대한 연구와 보전운동을 펼치는 비영리단체 내셔널트러스트(nationaltrust)도 2014년 1월 봉산리 가마를 보존 대상으로 선정했다. 200년 넘게 맥을 이어 온 전통 가마로, 규모가 크고 다양한 형태로 보존돼 있어 (한국) 가마의 변천사를 한눈에 알아볼 수 있다는 이유에서다. 또 초창기 박해를 피해 숨어들어 온 천주교인들이 교우촌을 형성했다는 점에서 역사문화적으로 중요한 현장이라고 강조했다.

"창조경제가 뭐여. 전통을 지키고 발전시켜 나가는 것도 창조 아녀? 저 가마가 보기에는 험상시러워도 불통하고 불구멍하고 다 과학적으로 작용하게끔 맞춰졌어. 저걸 부숴서 다른 데서 만들라고 하는데 나도 똑같이 만드는 법을 몰러. 괜히 워디 가서 만들었다가 (옹기가) 금방 깨지기 쉽지."

시인 정호승은 동화 《항아리》에 이렇게 썼다.

"항아리가 된 내가 그 무엇을 위해 소중하게 쓰이는 존재가 될 줄

내 뜻대로 산다

알았으나, 나는 버려진 항아리 이외의 아무것도 아니었습니다. 소나기가 지나가면 빗물이 고였습니다. 빗물에 구름이 잠깐 머물다가 지나갔습니다. 가끔 가랑잎이 찾아와 맴돌 때도 있었습니다. (…) 만일 그들마저 찾아와 주지 않았다면 나는 아마 그대로 죽고 말았을 것입니다. (…) 나는 그 누군가를 위해 사용되는 가장 소중한 그 무엇이 되고 싶었습니다."

비바람 속에서도 뒷마당을 묵묵히 지키던 장독처럼, 채운 만큼 비워 주는 쌀독처럼 우직하게 살아온 박 옹은 봉산리를 떠날 수 없는 이유를 이렇게 말했다.

"내 그릇이 새지 않고 좋다고 할 때가 제일 뿌듯허지. 소비자가 인정할 때여. 그런데, (그건) 내가 잘 만들었다기보다는 여(여기) 점토가 좋아서여."

2015년 1월 7일.

14

가난한 예술가와 활동가가
쉬어 갈 수 있는 곳

괴산군 칠성면의 숲속작은책방

가을 끝자락, 굽이굽이 산길을 지나 사람이 살까 싶은 마을에 도착
했다. 칠흑 같은 어둠 속에서 나의 발끝마저 보이지 않았다. 산짐승
들 깨지 않게 조심스럽게 한 남자를 불렀다. 옅은 불빛과 함께 남자
의 목소리가 새어 나왔다. 인터뷰를 위해 찾아간 '숲속작은도서관'
김병록 사장이었다. 하지만 그는 개인 사정이 있어 인터뷰가 어렵다
고 돌연 말했다. 나는 여러 사정을 들으며 미안한 표정으로 건네 준
그의 막걸리만 들이켰다. 다락방에서 하룻밤 꼴딱 새고 다음날 아침
소득 없이 발길을 돌렸다.

| 동화 속 장면 연상되는 가정식 서점 |

　탈핵, 평화, 공동체 회복 등 '개념 있는' 책들이 가득 꽂혀 있던 그 도서관은 그 뒤에도 가끔 생각이 났다. 그리고 몇 해 뒤 김 사장 부부의 소식을 신문과 방송에서 접했다. 부부는 중앙 일간지는 물론 지상파 〈9시 뉴스〉까지 출연해 인터뷰를 했다. 귀촌한 뒤 우여곡절을 겪으며 꿈을 경작한 이야기를 담은 책 《작은 책방, 우리 책 좀 팝니다》를 출간하면서부터다.

　사람보다 나무가 많고 가로등 불빛보다 별빛이 많은 곳, 충북 괴산군 칠성면의 숲속작은책방을 다시 찾아갔다. 그 사이 '도서관' 간판이 '책방'으로 바뀌었고 책을 읽는 공간은 책을 파는 곳으로 자리를 잡아 가고 있었다.

　일반 전원주택으로 설계된 집은 약 620평방미터(188평) 규모에 나무로 된 낮은 담이 감싸고 있고 잔디밭 마당에는 인동초와 작약, 말발도리 등 야생초 50여 종이 오밀조밀 자라고 있다. 마당 한복판에는 숙녀의 손거울 같은 작은 연못이 있다. 프랑스 그림책을 본떠 만든 푸른 개 모양의 의자, 핀란드 동화 캐릭터 '무민'이 그려진 창고, 장미 넝쿨이 휘감고 있는 빨간색 철제문 등은 동화 속 한 장면을 연상하게 한다. 숲속작은책방 대문 앞에는 이런 도발적인 글귀도 붙어 있다. "책을 좋아하는 분이라면 누구나 환영합니다. 그러나 책 한 권은 꼭

왼쪽이 남편 김병록, 오른쪽이 아내 백창화 씨다. 서점 곳곳은 책 소개 문구로 가득하다.

사 가야 해요." 국내 최초로 가정식 서점을 연 김병록·백창화 부부의
이야기는 이렇다.

| 책으로 마을 재생하기 |

서울서 나고 자란 김병록 사장은 현재 방송통신위원회로 통합된
종합유선방송위원회에서 1990년대 초 사회생활을 시작했다. 영화와
비디오의 등급을 결정하는 영상물등급위원회에서도 6년 동안 일했

내 뜻대로 산다

다. 2007년부터 2010년까지는 방송콘텐츠진흥재단의 초대 상임이사를 맡았다. 남들이 '철밥통'이라고 부러워하는 직장에서 억대 연봉을 받고 일하던 시절이다. 당시 쓸 수 있는 판공비가 월 200여만 원 정도였다고 한다. 하지만 조직에 구속받는 게 점점 싫어졌고, 정치권의 입김에 좌우되는 인사에 환멸이 느껴졌다.

"재단도 만들어 보고 실무적인 문제에서 최종 결정권자 역할도 해 봤어요. 그 시기가 지나니 더 이상 도시에서 살고 싶지 않았어요. 어느 순간 싫어지더라고요. 농사를 짓고 싶지는 않았지만 자연 속에서 살고 싶었어요. 이사 임기가 끝나고 다시 회사나 공기업으로 가 봐야 과장밖에 더하겠나 싶었죠."

귀촌을 위해 아내를 설득했다. 아내 백창화 씨는 15년 동안 여성잡지와 출판사에서 글 쓰고 책 만드는 일을 했다. 2002년부터는 경기도 일산에서 사립 도서관인 '숲속작은도서관'을 운영했고, 2009년 서울 마포구로 이사한 뒤에는 서울시 마포구립 작은 도서관 네 개를 위탁해 운영하기도 했다. 회원들의 후원금을 받고 부족한 돈은 남편의 월급으로 메꿔 나갈 만큼 도서관에 애착이 컸다. 백창화 씨는 농사짓는 것이 그다지 내키지는 않았지만 "책이 있는 곳이라면 언제나 오케이"라고 말했다.

김병록 사장의 상임이사 임기가 끝나고 백창화 씨의 도서관도 건물 임대계약 만료가 다가왔을 무렵, 책 한 권이 눈에 들어왔다. 미술

평론가 정진국 교수가 쓴《유럽의 책 마을을 가다》였다. 정 교수가 유럽 책 마을 스물네 곳을 1년 동안 탐방해 쓴 여행기였다. 시골 사람들이 헌책을 사고팔며 책으로 마을을 재생하는 이야기, 그 마을에는 시 낭송과 음악회 등 문화 콘텐츠가 가득했다.

"책을 보는 순간 '바로 이거다!'라는 생각이 들었어요."

부부는 2010년 4월 이탈리아 로마를 시작으로 스위스, 프랑스, 영국 등 4개국의 크고 작은 마을들을 탐방했다. 27일 동안 책 마을과 서점, 박물관 등 책에 얽힌 이야기가 있는 곳이라면 어디든 찾아 다녔다. 갈 곳 없는 작가들에게 먹을 것과 잠자리를 제공해 주던 프랑스 파리의 서점 '셰익스피어 앤 컴퍼니', 거대한 조형물부터 손바닥만 한 엽서까지 수천 종의 피노키오 관련 상품을 만들어 파는 이탈리아 '콜로디 피노키오 국립공원', 무너져 가는 성을 책 마을로 재생시킨 영국의 '헤이온와이' 등이 대표적이다. 어느 시장에 들렀다가는 좌판에서 파는 '책 읽는 고양이' 인형에 매혹되기도 했다. 모든 여정이 놀이이자 공부였다.

"유럽 농촌도 공동화 현상이 심해지고 있었어요. 그래도 주민들이 책 마을을 만들어 책과 관련된 공예품을 팔고 카페를 열어 차를 파는 등 노력이 대단했어요. 책으로 마을 공동체를 회복하는 움직임이 놀라웠죠."

노는 듯 쉬는 듯 미친 듯 다녀온 유럽 여행은 2012년《유럽의 아날

숲속작은책방은 중간에 서점을 두고 양쪽에 두 개의 오두막이 있다. 마당에는 각종 야생화가 자라고 작은 캠프파이어를 할 수 있도록 장비를 갖춰 두었다.

로그 책 공간》이란 책으로 나왔다. 백창화 씨가 글을 쓰고 김병록 사장이 사진을 찍었다. 책은 전국의 작은 도서관을 중심으로 입소문이 퍼져 나가 얼마 전까지 3쇄 7000여 부가 팔렸다. 또 한국간행물윤리위원회 우수저작 및 출판지원사업 공모에 당선되기도 했다.

| 귀촌의 출발점에서 쓴 잔을 마시다 |

귀촌을 결정하고 부부가 선택한 곳은 충북 괴산군의 미루마을로, 4만여 제곱미터 부지에 60여 가구가 입주하도록 새롭게 조성된 마을이었다. 가구마다 1억 6000만 원에서 2억 원을 투자해 들어와 반쯤은 귀촌, 반쯤은 별장처럼 사용하고 있었다. 김병록 사장은 처음 신문광고에서 이 마을을 봤다. 경기도의 한 대학 총장이 괴산군과 직접 협약을 맺은 사진과 함께 괴산군이 사업을 보증한다는 설명이 솔깃했다. 무엇보다 '교육문화마을'을 내세우는 취지가 마음에 들었다.

"마을 조성을 주도하는 사람이 제게 도서관을 만들어 운영하면 좋을 것 같다고 제안했어요. 저희에게 딱 들어맞는 조건이었죠. 서울에서는 작은 도서관의 의미가 사라져 갔지만 시골에서는 아직 필요하다고 생각했지요."

오매불망 기다리던 귀촌의 별빛 꿈. 그런데 공사는 계속 지연되었다. 그 사이 서울 집주인이 집을 전세에서 월세로 바꾸었다. 도서관 임대 기간도 끝나 급하게 컨테이너 박스를 빌려 책 수천 권을 보관했다.

"사면초가였죠. 집주인은 집을 팔겠다고 압박하고."

더 이상 서울에서 버틸 수 없었던 부부는 2011년 6월 물도 전기도 들어오지 않는 괴산 집으로 무작정 입주했다. 처음에는 생활이 되지 않아 한동안 인근 마을에 월세 방을 따로 임대해 지냈다. 게다가 운영하려던 마을회관 도서관이 시공사의 공사비 부족 등으로 준공이 안 나 무산되었다. 엎친 데 덮친 격이란 말이 딱 들어맞았다. 김병록 사장은 생활비라도 벌기 위해 날품팔이에 나섰다.

이웃 농가를 도와 감자를 캐고 괴산댐에 가서 청소를 했다. 목수를 따라다니며 막일도 가리지 않았다. 이렇게 6개월쯤 지났을까 이대론 안 되겠다는 생각이 들었다. "집이라도 가꿔야겠다는 생각이 든 거예요." 마당에 덤프트럭 세 대 분량의 마사토를 깔고 수평을 맞췄다. 공사하고 남은 나무를 모아 꽃밭을 만들었다. 서툰 목공 기술을 동원해 오두막을 지었다. 1천 만 원이 넘게 들 거라고 추산했던 오두막은 재료비 150만 원을 들여 혼자서 만들었다.

| 민박하려면 면접을 통과해야 하는 집 |

집수리가 끝나자 지인들이 하나 둘 놀러왔다. 첫 책《유럽의 아날로그 책 공간》의 독자들이 부부의 소식이 궁금하다며 먼 길을 마다 않고 방문했다. 의외로 사람들의 평가가 좋았다. 최신식 펜션처럼 세련되지는 않지만 주인이 손수 가꾼 집이 "동화에 나오는 집 같다"며 신기해했다.

"처음에는 인사치레인 줄 알았어요. 그러다 자신감이 붙기 시작했죠."

김병록 사장은 2013년에 정식으로 민박영업 허가를 받았다. 입소문을 타면서 요즘은 개인과 단체 등 한 달에 열 팀 정도가 묵고 간다. 다만 손님들은 민박을 예약하기 위해 백창화 씨의 전화면접을 통과해야 한다. 책 좋아하세요?

"가정집에서 민박을 하려니 여간 불편한 게 아니었어요. 손님들과 화장실과 부엌을 같이 써야 하거든요. 속옷 차림으로 편하게 집에 있지도 못하죠. 하지만 도시 생활에 지친 사람들이 편하게 쉬고 가는 모습을 보며 보람을 느꼈어요. 이런 모습이 저희가 유럽 책 마을을 다니며 부러워하던 장면이거든요."

민박 손님들과의 대화 주제도 대부분 책이다. 부부는 처음에는 책을 팔겠다는 생각이 없었다. 그런데 손님들이 책장에 꽂힌 책에 관심을 갖고 하나 둘 사 가기 시작하면서 '좋은 책을 읽게 하면 좋겠네' 하는 생각이 커졌다고 한다. 2014년 초부터 도매상에서 현금으로 책을 구매해 실험삼아 팔기 시작했다. 9개월 동안 매출액이 700여만 원. 기대 밖의 성과였다. 민박 손님들이나 관광 왔다 들르는 방문객 등 한 달 평균 손님이 200-300명이 되니 콘텐츠만 잘 짜면 해볼 만한 장사라고 판단했다. 김씨는 미디어 전문가, 아내는 출판물 전문가 아니던가. 2014년 4월 정식으로 서점 허가를 받았다.

"책 한 권 팔면 25퍼센트 정도 수익이 남아요. 박하죠. 그래도 2014

내 뜻대로 산다

년 11월에 도서정가제가 시행되면서 책값 할인율이 10퍼센트로 묶여 숨통이 트였죠. 특히 우리는 책을 주제로 오랫동안 일한 경험이 있으니 해볼 만한 일이라 생각했어요."

| 책 좀 파는 판매의 기술, 기승전 '책 사' |

괴산군 미루마을은 화석에너지를 거의 사용하지 않는 그린에너지 마을이다. 주변 농가들도 농약을 잘 쓰지 않아 여름밤이면 반딧불이가 들판을 수놓는다. 가로등도 거의 없어 해만 지면 별빛이 쏟아진다. 김병록 사장은 자연을 느낄 수 있도록 오두막에 일부러 전기를 가설하지 않았다. 캠핑용 의자와 해먹도 설치했다. 가을에는 낙엽 떨어지는 소리를 들으며, 겨울에는 모닥불을 피워 놓고 책을 읽을 수 있게 했다.

"이곳은 일부러 가공하지 않아도 자연이라는 최고의 인테리어가 있죠. 낙숫물 떨어지는 소리를 들으며 졸다 쉬다 책을 볼 수 있는 곳은 전국에 이곳밖에 없을 거예요. 자연이 재산이죠."

주인장은 손님과 아침 또는 저녁을 같이 먹는다. 이때 손님의 "취향을 저격해" 책을 추천한다. 이는 백발백중 책 판매로 이어진다. 판매하는 책은 대부분 생태와 환경, 평화에 관한 것들이다. 부부가 시골로 내려온 이유도 그것이고, 시골 서점을 찾아온 손님들이 대부분 공유하는 관심사이기도 하다. 비장의 무기인 플립북(연속된 그림을 빠르게 넘기면 애니메이션 효과를 내는 책)과 팝업북(책을 열면 그림 등이 입체적으로 펼쳐지는 책)을 펼치며 손님들의 호기심을 자극하기도 한다. 부부는 이것을 '북쇼'라고 부른다.

"우리 집 손님은 오시면 책을 한 권만 사 가지 않아요. 어차피 괴산까지 오기 힘드니까 양손 가득 보따리로 사 가죠. 우리 부부와 대화의 끝은 대부분 책을 사 가라는 거예요. 기승전 '책사죠.'"

숲속작은책방의 거실과 안방, 다락방에는 2만여 권의 책이 진열되어 있다. 굳이 책장이 아니라 신발장과 다락방, 계단 등 자투리 공간에도 책이 많이 쌓여 있다. 특히 거실은 3미터 넘는 책장이 둘러싸고 있다. 대부분 부부가 직접 읽고 고른 책이다. 종교인과 의료인 등 각계 전문가들이 추천한 책도 있다. 상당수가 대형 서점이나 온라인에서는 찾아보기 힘든 희소성 있는 책들이다.

"서점을 운영하려다 보니 공간이 부족했어요. 결국 거실을 영업장으로 바꾸자고 결론이 났죠. TV와 선반 등을 치우고 책장을 넣었죠. 천장이 높은 전원주택을 책으로 도배하다 보니 단열이 좋아지고 소리가 울리는 단점이 사라졌어요."

부부는 책 진열에 신경을 많이 쓴다. 작은 서점 운영을 꿈꾸는 사람이라면 꼭 읽어야 할 대목! 우선 책 표지가 앞을 향하도록 진열하

책 표지가 최대한 많이 보이도록 책 간격을 느슨하게 배치했다. 김병록 · 백창화 부부가 유럽의 책 마을을 다니며 배운 비법이다.

고, 언제든 편하게 뽑아 볼 수 있도록 느슨하게 꽂아 둔다. 책과 관련된 캐릭터 소품이 있으면 함께 진열한다. 좋은 문구는 작은 액자에 써서 책 옆에 걸어 두어 눈길을 끈다. 또 곳곳에 소파나 낮은 책상을 배치해 손님이 편하게 책을 볼 수 있도록 한다. 부부가 제안하는 책 판매 비결이다.

이 책방의 가장 큰 특징은 책에다 손글씨로 쓴 띠지를 붙이는 것이다. 띠지는 출판사들이 책 홍보용으로 쓰는 일종의 광고지다. 그런데 백창화 씨는 일일이 손으로 책 소개 글을 써서 띠지로 둘렀다. 손님들이 이것을 기념품처럼 가져가기 시작했다. 손글씨가 귀한 시대에 아날로그적인 감성이 먹힌 것이다. 이제 띠지를 만드는 것이 백창화 씨의 중요한 하루 일과가 되었다.

김병록 사장이 만든 '내 인생의 책꽂이'도 효자 상품이다. 좋아하는 책 한 권을 꽂아 둘 수 있게 만든 작은 책꽂이인데, 이것도 손님들이 사 가기 시작하면서 직접 책꽂이를 만드는 체험 프로그램을 개발했다. 부부가 시골생활을 유지할 수 있다고 정한 경제적인 마지노선은 월 순수익 200만 원이다. 다행히 2015년 봄에 돌파했다.

내 뜻대로 산다

│ 동네 작은 서점의 존재 의미 │

2015년 8월에 출간한 책 《작은 책방, 우리 책 쫌 팝니다!》에는 이런 자신들의 이야기와 함께 대형 서점과 온라인 서점의 위세 속에서 자기만의 길을 모색하는 전국 70여 개 작은 서점들의 분투기가 담겼다. 부부는 작은 서점들을 직접 돌아보고 전국 책방의 위치를 알 수 있는 그림지도와 민박이 가능한 책 공간을 묶은 전국 북스테이 지도를 만들어 넣었다. 서울과 청주, 대구, 대전 등의 작은 서점을 돌며 북콘서트를 하고 있다.

"대형 서점만 있으면 팔리는 책만 팔리고, 또 그런 글을 쓰는 작가만 살아남아요. 악순환이죠. 다양한 책이 살아남으려면 작은 서점이 살아야 합니다. 동네 서점에서 책 한 권 사는 일이 전체 문학을 살리는 나비의 날갯짓이 될 수 있지요."

부부는 분기별로 책방에 지역 시립합창단 등 음악가들을 불러 콘서트를 열고 한 달에 한 번 책모임도 한다. 시인과 주민을 초청해 시콘서트도 열었다. 행사가 있으면 마을 부녀회가 음식 준비 등을 돕는다. 또 일본 헌책방 거리와 연계해 국내에 알려지지 않은 그림책도 소개할 계획이다.

"곧 아들도 군에서 전역하고 십 수년 뒤 우리 노후도 걱정되기는 하죠. 그런데 지금 저희가 상상도 못했던 서점을 만든 것처럼 미리 불안해하지 않으려고요. 현재에 집중하려고요. 낯선 이를 냉대하지 않는 곳, 가난한 예술가들이 하룻밤 잠과 한 끼 식사를 할 수 있는 곳, 건강한 사회를 만들기 위해 애쓰는 시민 활동가들이 쉬어 갈 수 있는 공간 하나쯤 필요하잖아요."

2015년 10월 9일.

추천의 글

———

행복의 역설

도종환(시인, 국회의원)

"어떻게 사는 게 행복한 걸까?"

"행복에 이르는 길은 무수히 많을까?"

"정해진 길로 가야 안전하지 않을까?"

"모두가 가는 길에서 벗어나도 행복하게 살 수 있을까?"

우리는 늘 이런 질문을 던지며 산다. 그러나 이 책에 나오는 사람들을 보면 답이 보인다. 그들은 모두가 가는 길에서 벗어나도 얼마든 행복할 수 있다고 말한다. 아니 "모두가 가는 길을 따라가지 말라"고 한다. 돈이 뒷받침되지 않아도 가치 있게 살 수 있는 길이 있다는 걸 그들 삶으로 보여 준다.

연탄아트 작가 림민은 이렇게 말한다.

"10대와 20대 때 서울이란 도시는 뭔가 할 수 있을 것 같은 장소였어요. 나도 찬란히 빛날 수 있을 것 같다는 생각이 들었죠. 지금 와서 생각해 보니 끊임없이 꿈을 갉아먹는 도시가 아닌가, 소비로 충동해서 낙오자로 전락시키는 것 아닌가 하는 생각이 들어요."

도시는 꿈과 욕망을 채워 주는 곳이 아니라 유혹하고 좌절하게 만들고, 채워질 수 없는 꿈 때문에 상처받고 낙오하게 만드는 장소이기도 한 것이다. 낙오한 자신, 소외받고 비천해지고 남루하게 만드는 도시에서 벗어나기로 결심하면서 자기처럼 버림받은 연탄재에게서 "이 세상에 쓸모없는 존재는 없다"는 걸 알게 한 건 변방이었다. 타고 남은 연탄재, 버림받아 쓸모없이 내버려진 연탄재의 얼굴에 냉소가 아닌 미소를 그려 넣게 만든 것도 서울을 벗어난 뒤였다. 식은 재에서 따뜻함을 발견하게 한 것은 변두리 도시였다.

남들이 '철밥통'이라고 부러워하는 직장에서 억대 연봉을 받고 일하다 환멸이 찾아와 낙향한 김병록·백창화 부부 같은 이도 있다. 어느 순간 싫어지는 시기가 찾아오는 이유는 무엇일까? 안정이 아니라 구속이라는 생각이 들고, 그 구속받는 생활에서 벗어나 자연 속으로 들어가고 싶어지는 이유는 무엇일까?

나는 그게 운명이라는 생각을 한다. 어쩌면 이미 그렇게 프로그래밍되어 있는 운명의 스케줄에 따라 그들이 그 운명을 선택한 것이라고 본다. 손수 연장을 들고 집 한 채를 지어 놓고 책방을 연 뒤 "가난한 예술가들이 하룻밤 잠과 한 끼 식사를 할 수 있는 곳, 건강한 사회를 만들기 위해 애쓰는 시민 활동가들이 쉬어 갈 수 있는 공간 하나쯤 필요하잖아요"라고 말하게 되는 건 오랜 인연, 업연이 아니고는 설명할 길이 없다.

"택시 잡아 타고 이 지역에서 가장 오지로 가자고 했더니 택시 기사가 자신의 고향인 벌랏마을로 데려다주었"다는 한지 공예가 이종국의 말을 들어 보라. 이게 팔자가 아니면 어떻게 설명이 되는가. 오지를 선택하는 인생. 가장 궁벽진 곳에다 자신을 데려다놓고 거기서 다시 시작하는 삶. 그를 부른 건 한지에 대한 일을 맡기기 위한 하느님의 손길이었는지 모른다. 그의 내면에 닥나무와 쌓은 오랜 인연이 있었을 것이다.

그들은 거기서 행복의 역설을 만난다. 그들이 찾아간 곳은 결코 낭만적인 곳이 아니다. 그저 물 맑고 공기 좋은 곳이 아니다. 찾아 들어가기만 하면 장인이 되고 성공이 기다리는 곳이 아니다. 고립된 곳이고 처절한 곳이고 바닥이다. 결코 쉬운 곳이 아니다. 젊은 사람들이 살지 못하고 떠나는 곳이다. 문명의 혜택을 보지 못하는 곳이고 자본주의 방식으로 계산하면 실패가 기다리고 있는 곳이다. 거기서 그들은 더 큰 가치를 만들어 냈다. 더 큰 자유로움을 느끼고 더 깊어졌다. 그곳은 고은광순의 말처럼 내면의 에너지가 높아지는 곳이다. 한

단계 더 진보하는 곳이다.

굶어 죽을 각오를 했기 때문에 굶어 죽지 않았을 뿐이다.

경서도소리꾼 권재은처럼 TV도 신용카드도 없고 주민등록증도 어디 있는지 모른 채 전세 2500만 원짜리 셋방에 사는 삶을 스스로 선택해야 한다. 거기서 권재은의 소리의 내공이 쌓이는 것이다. 소리 외에 아무것도 없는 삶. 고립을 자초한 삶. 소리가 인생을 이끄는 삶. 화장기 없는 맨얼굴의 음악, 거친 듯 섬세한 소리의 공력은 그렇게 쌓이고 있는 것이다.

그들은 후회하지 않는다. 그들은 기쁘게 산다. 그들은 행복하게 산다. 그들은 사막에 살지 않고 숲에 산다. 그들은 현실을 도피해 사는 게 아니다. 적극적으로 새로운 현실을 만들며 사는 것이다. 그들은 치열하게 자기 문화를 만들고 있다. 스스로 풍부해지고 있다. 그들은 자유로움이 무엇인지 안다. 그들은 가치 있게 사는 삶이 어떤 것인지 안다. 그들은 자기 입으로 "하느님, 저거 제가 하겠습니다"라고 말한 이들이다. 그 약속 때문에 운명이 바뀐 이들이다. 아니 자기 운명을 찾은 이들이다. 그들은 오늘도 공연을 보러 온 아이들에게 이렇게 말한다.

"모두가 가는 길을 따라가지 마라. 그 길에서 벗어나도 행복해질 수 있다. 할아버지도 좋아하는 일을 찾아서 너무 행복하다. 너희들도 꼭 그렇게 살았으면 좋겠다."

　오지를 자기 삶의 중심으로 바꾸고 그곳에서 쓸모 있고 아름답게 살아가는 이들을 찾아다니며 그들을 우리에게 알려준 이 책의 저자 황상호 기자도 내공이 만만치 않은 사람이다. 내공이 단단하지 않다면 어떻게 이들을 만났을 것인가. 황상호 기자의 노력과 그가 쏟은 시간이 얼마나 감사한 시간인지 우리는 이 책으로 확인한다. 참 고맙다.

변방의식을 일깨우는

송재봉(충북NGO 센터장)

이 책의 저자인 CJB 청주방송 황상호 기자의 리포트는 언제나 낮은 곳에 있는 사람들의 여리고 아픈 목소리를 전한다. 참신하면서도 깊이가 있다. 언제 저런 것까지 취재했을까 싶을 정도로 심층적인 기사를 만들어 낸다. 이런 기자가 어느 틈에 글을 써서 책을 낸다는 소식에 기쁘기도 하고 궁금하기도 했다. 서로 마음이 통한 것일까? 어느 날 황상호 기자에게서 예상치 못한 제안이 불쑥 들어왔다. 이 책의 추천사를 써 달라는 청탁 아닌 청탁이었다. 놀라움과 부담감, 당혹스러운 마음이 혼란스럽게 다가왔다. 동시에 무슨 내용일까 어떻게 썼을까 하는 궁금증이 더 크게 발동했다. 부담스런 마음을 진정시키며 용기를 내 원고를 받아 들었다.

원고를 펼치고 한 사람 한 사람의 열정적인 삶의 이야기를 흥미진

진하게 만났다. 한국 현대사의 중요한 길목에서 각자에게 다가오는 삶의 무게를 담담하게 받아 안고, "모두가 가는 길을 따라가지 마라, 그 길에서 벗어나도 행복해질 수 있다"는 인형극단 '보물' 김종구 대표의 말로 상징되는 창조적인 삶을 살아 내고 있는 소리꾼, 시인, 화가, 만화가, 글방지기, 연극인, 명상가, 옹기장 등 14인의 인생사가 담담히 그려지고 있었다.

황 기자 글에서는 기자의 냉철함보다는 사람과 세상에 대한 신뢰와 따듯한 시선이 느껴진다. 또한 각각의 주인공을 불러들이는 도입부는 저자의 문학적 감수성을 고스란히 느낄 수 있다. 각각의 주인공과의 첫 만남은 은유적이다. "어찌어찌 찾아간 집은 양지바른 자드락에 있었다" "그만의 독특한 냅둬유 농법" 등 고향, 마당, 자연, 아버지, 시골길 등을 떠올리게 한다. 마치 독자들로 하여금 현장에서 주인공과 함께 있는 것 같은 기분을 찬찬히 음미할 수 있는 재미를 준다.

충북에 터를 잡고 살아가는 14명의 색다른 주인공을 만나고 나면 '나도 내가 정말 좋아하는 일을 하고 싶다, 아무리 하찮은 존재라도 쓸모없는 존재는 없다, 세상 어느 곳에 있어도 삶에 대한 태도에 따라 사회가 필요로 하는 일이 있고, 해야 할 일이 있다, 삶의 여유와 만족은 물질적인 풍요로움을 뛰어넘어서 오는 것'이라는 깨달음을 얻게 된다.

황상호 기자의 글은 담담하다. 독자들로 하여금 인터뷰어의 철학과 가치, 삶의 태도에 자연스럽게 몰입하도록 하는 힘이 있다.

- "공연 요금을 돈으로 환산하기 힘들 때가 있어요, 공연을 보면서 맺어
  지는 새로운 관계와 가치들이 있거든요." (예술감독 박창호)

"(생계에 대해) 걱정들 하시는데요, (…) 돈을 안 쓰면 됩니다. 자본주
의 구조에서 탈출하면 돼요." (인형극단 보물 대표 김종구)

"산속에 있으니까 내면이 깊어지는 게 있어요. 뭔가 그리워하잖아요,
적당히 그리워야 상대방을 볼 수 있고." (소리꾼 권재은)

"서쪽은 해가 기우는 땅으로 몰락을 의미해. 그런데 소멸은 곧 생성의
출발이기도 하거든." (시인 오탁번)

"대통령 하나 바뀐다고 해서 모든 게 바뀌지 않죠, 결국 사람들 각자
의 내공과 지혜가 높아지면 올바른 시스템이 정착될 거라 생각해요."
(한의사 고은광순)

무엇보다 반가운 것은 우리가 터 잡고 살아가는 충북 곳곳을 '창
조와 혁신의 공간, 따뜻한 인간미가 흐르는 공간, 변방에 머물지 않

고 새로운 시대적 가치를 창출하며 중심을 변화시키려는 도전과 실험의 공간으로 만들어 가는 사람들이 함께하고 있다는 것이다. 많은 사람들이 과도한 경쟁과 속도, 물신주의, 성장, 개인주의의 확산을 우려한다. 그런데 문제를 지적하면서도 '어쩔 수 없다'는 자기 합리화로 체념하며 살아가는 대다수의 사람들에게 이 책은 다른 삶도 있음을 보여 준다. 저자의 따뜻한 시선에 포착된 이들 14인의 삶은 꼭 그렇게 하지 않아도 된다는 믿음을 우리에게 전한다. 한 영화 속 배우의 "뭣이 중헌디?"라는 한마디가 함축하는 바와 같이, 진정한 삶의 가치에는 내가 좋아하는 일과 우리 시대가 요구하는 문제를 담담하게 받아들이는 태도, 시대의 아픔과 난관을 외면하지 않고 당당하게 마주하는 노력이 필요함을 깨닫게 해 준다.

대의 스승 고 신영복 선생님은 "모든 살아 있는 생물은 부단히 변화한다. 변화하기 때문에 살아 있는 것이다. 중심부가 쇠락하는 이유는 변화하지 못하기 때문이다. 변방이 새로운 중심이 되는 것은 그곳이 변화의 공간이고, 창조의 공간이고, 생명의 공간이기 때문이다"라는 말로 변방성과 변방의식을 설명했다. 어쩌면 이 책이 충북 사람, 나아가 대한민국의 변방에 있는 사람들의 변방의식을 일깨우고, 우리가 살아가는 수많은 변방을 변화와 창조의 공간으로 새롭게 태어나게 하는 에너지를 만들 수도 있겠다는 기대감을 갖는다. 충북의 살아 있는 보물들을 발로 뛰어 찾아내고, 열심히 만나고, 듣고, 쓴 황상호 기자의 열정과 지역에 대한 뜨거운 애정에 감사한다.